講談社文庫

落語魅捨理《ミステリ》全集

坊主の愉しみ

山口雅也

講談社

目次

落語
魅《ミ》捨《ステ》理《リ》全集
坊主の愉しみ

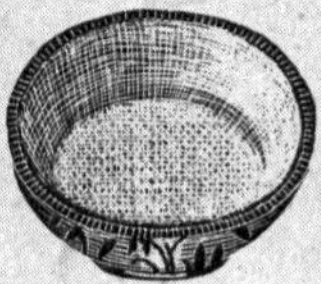

坊主の愉しみ

落語魅捨理全集一

えー、俗に、飲む、打つ、買う——は、男の道楽とか、あるいは、男の悪行の三種とも申しましてな。とかく世の女房達は、大酒を飲む、博奕《ばくち》を打つ、女郎《じょろう》を買う——というご亭主の放蕩三昧《ほうとうざんまい》には悩まされるものでございます。さて、これら三つの悪徳のうち、どれが一番始末が悪いかと申しますと、これが「打つ」なのだとか。

以下のご高説は、ご亭主の放蕩のおかげで、老舗《しにせ》のお店《たな》を潰された、さる御寮《ごりょう》さんの唱えておられたものでございますが、曰《いわ》く「いくら飲兵衛《のんべえ》でも一人で一刻《いっとき》に一両分の酒は飲みきれません」また、「廓《くるわ》で売れっ妓《こ》の太夫《たゆう》を揚げて一晩ドンチャン騒いで、しっぽりやっても、お勘定は二十両も出せばお釣りがきます」ところが、「でもね、博奕は半刻《はんとき》もありゃあ、百両の金子《きんす》が吹っ飛びますわ」と。

この、飲む、打つ、買う——に加えて、もう一つ、男ならではの道楽があるのを、ご存知でしょうか？　こちらは、さる徳を積んだお坊様から伺ったことなのですが、師曰く、「男の道楽で一番タチの悪いのは蒐《しゅうしゅう》集の癖——つまりモノを蒐《あつ》めるということじゃ」と。

いや、女だってモノに執着するじゃないかと仰《おっしゃ》る向きもあるやもしれませんが、ご婦人方は、宝石やらブランド物のバッグやら、まだ世間的に価値の認められているものを、お蒐めになるようです。ところが、男のほうは、やれ燐寸《マッチ》のラベルだ、怪獣のソフビ人形だなどという、女房が眉を顰《ひそ》めるようなものに血道を上げなさる。それにかける散財もまた法外なもので、稀代の蒐集家として名の知れた柳宗悦《やなぎむねよし》先生をして「無理をして買ひたいほどの熱が起こらずば蒐集はものにならない」と言わしめているほどで……先だっても、ジャズ・レコードの蒐集家が、一生に一度出会うかというSPレコードの稀少なブツを前にして、もう軍資金がない。業者が「あんた、代金はどうするんだ？」と訊《き》くと、

「うーん、こうなったら、吾輩《わがはい》の命を差し出す所存《しょぞん》」と苦し紛れに答える。

さすがに呆れた業者が「あんたが命を投げ出して死んじまったら、誰がこのレコードを聴くんです？」

と、間抜けた話もあったもんで……。

さて、きょうのお噺《はなし》の主人公も、そんな男の道楽・悪癖のうち、「打つ」と「蒐め

る」というタチの悪い二つにうつつをぬかしたご仁《じん》でありまして……。

この男、本名はご勘弁願いますが、生業《なりわい》は取りあえず骨董商《こっとうしょう》ということで。ところが博奕にも目がないときたものだから、常に金欠状態でして、また、商売よりも蒐集の癖のほうが勝っておりまして、自分の気に入った手のいいものは売りたがらない。従って、家にはモノばかりがあふれ、銭のほうは一向に入らないという塩梅《あんばい》。ついには、骨董仕入れの金にも事欠く始末で、切羽詰まった挙句、一計を捻り出します。この男、古着の袈裟《けさ》を仕入れてきて、無門道絡《むもんどうらく》なる僧侶に化け、その姿で田舎の無知な民草《たみくさ》を信用させて、あとは法話《ほうわ》交じりの舌先三寸、骨董の掘り出し物をタダ同然の安値で手に入れようという――と、これがまた面白いように当たりましてな。商売というより人生の愉《たの》しみとなっているような始末。……きょうもこの偽坊主、あれこれ奸《かん》計《けい》を巡らしながら、とある田舎茶屋に差し掛かりました。

――ん、あれ、橋の袂《たもと》に茶屋なんぞがあるぞ。ふむ、あの橋の向こうには、確か大《おお》門《もん》みたいのを構えた田舎にしては結構な遊里《ゆうり》があったっけな……ってことは、うーむ、このあたりは有望ですよ。遊里や繁華な悪所の近くにゃあ、潰れた見世《みせ》から流れてきた結構な簞笥《たんす》や絵皿なんかが転がってるもんだ。あんなちっぽけな腰かけ茶屋にしたって、場所柄、何かウブいもんがあるやもしれぬ。どれ、入ってみるか。

「ごめん」

白髪頭ではありますが、やけに顔色の浅黒い爺《じじい》が出てまいりまして、

「ああ、これはお坊様、どうぞ、足をお休めになって」

「ふむ、茶でも一杯所望しようかな」と言って、席に腰を下ろす偽坊主。

「へい、ただいま――」と言いながら、探るように相手を窺って、「――あの……お坊様にこんなお勧めをしてよいか、わかりませんが……」

「ん？　なにかな？」

「お茶もよろしいのでございますが、もうすぐ日暮れ時、外もまだ寒うございます。宜しければ熱燗《あつかん》でお銚子なんぞも乙《おつ》なもので……」

「やけに商売上手な親父さんだのう。――仏教の戒めには確かに不飲酒戒《ふおんじゅかい》というのがある。じゃが、それは酒を飲むこと自体は禁じておるわけではない。酒に呑まれて他の戒めを破ることを戒めているだけで……わしらの禅宗では、智慧《ちえ》の湧き出ずるお湯――般若湯《はんにゃとう》と言うてな、ちょこっとなら飲んでもいいんじゃ」

「ああ……それは、ようございますね」

「まあ、理屈はともかく……んじゃ、せっかくだから一本つけてもらおうか」

「へいっ、じゃお銚子……じゃない、般若湯を一本」

僧侶の身なりをして、それらしい説法も説きますが、遊び人の本性は隠し切れません。日も沈まぬうちから、この偽坊主、出された酒を茶碗に注いで、ちょこっとどころか、ぐびりぐびりとやり始めました。そうしながらも、当初の目的が頭にあったもので、さりげなく狭い店内を見回すと……塩煎餅《しおせんべい》や駄菓子の並んだ台の下に一匹のみすぼらしい三毛猫がいるのが目に留まりました。その足元には平べったい茶碗が置かれており、猫は茶碗の中の雑魚《ざこ》の骨を、さもマズそうに齧《かじ》っている最中。その薄汚れた茶碗の側面に咲く紅梅模様を目にした偽坊主、ピーンと閃《ひらめ》くものがありました。

――あっ、あれは、もしや、絵高麗《えこうらい》……。

思わず近寄って、茶碗をためつすがめつ、仔細に吟味しながら――

――間違いない。わしの長年の鑑定眼から言って、これは絵高麗の梅鉢《うめばち》の逸品……出すところに出せば三百両は下らねえ。いや、老中の田沼《たぬま》様なら五百だって……ひょっとしたらと思って入った腰かけ茶屋だったが、こりゃ大当たりだ。

「どういたしました？　ウチの悪戯《いたずら》猫が何か粗相《そそう》でも？」

振り向くと茶屋の親父が訝《いぶか》しげな表情で首を傾げております。

「あ、いや……わしは大の猫好きなものでな。おー、よしよし、可愛いのぉ、ほれ、チョチヨチョチョ……」

と、手を伸ばすと、食事を邪魔された猫がフーッと怒ります。

「こらっ、お客さんに、なんてことを、ミー公！　いやいや、可愛いもんですか。ウチでも持て余している、タチの悪いドラ猫でございますよ」

「おお、そうでしたか……」

座り直した偽坊主は、いつもの奸計を巡らしまして——

「——持て余してるくらいなら……どうだ、親父さん、この猫を、わしに譲ってはくれまいか？」

「は？　こんな毛の禿げた疥癬《かいせん》持ちのドラ猫を？　なんでまた？」

「拙僧が住職を務める文福寺《ぶんぶくじ》は、仰山な猫を飼っていることで有名でしてな」

「はぁ？　ブンブクとは茶釜の文福……で？　はて、文福茶釜の正体は猫ではなくて狸《たぬき》で、その化け狸が出たのは、證 城寺《しょうじょう》なはずだが……」

「あー、違う違う。證城寺は、茶釜じゃなくて、ポンポコポンの狸囃子《たぬきばやし》のほうじゃろが。茶釜の狸は館林《たてばやし》の茂林寺《もりんじ》。それに、野口雨情《のぐちうじょう》の狸囃子は、この時代にはまだ世に出ておらんし——」

「へ？　この時代って……？」

偽坊主が慌てて取り繕うように申します。

「一応噺の設定が江戸時代……あー、余計な蘊蓄《うんちく》を言わせるでない。話が先へ進まんのでな」

「へい〜。――ともかく、お坊様の文福寺では、猫の面倒を見ていると？」

「猫に仏性《ぶっしょう》ありや――という、ありがたい法話をご存知か？」

「猫にカツオブシでなくてブッショー？　……ああ、それを言うなら、犬に仏性ありや――でしょう？」

「うっ、えへん、そ、それは宗派が違う公案《こうあん》じゃ……ともかく、ウチの寺では、猫畜生にも仏性ありと観て、大切にしておる。どうだ、手元に路銀《ろぎん》のありったけ――一両二分ばかりある。これで、そのドラ猫を譲ってはくれまいか？」

　茶屋の親父は仰天して、

「ははー、一両もいただけるんなら、どうぞ、どーぞ」

「おおっ、そうか！」そそくさと立ち上がりながら、偽坊主、さりげなく付け加えます。

「それで、猫ちゃんをいただくついでに、食器……その茶碗も貰《もら》っていくことに――」

「いけません！」ぴしゃりと言う茶屋の親父。

「なぜじゃ？　猫というものは食い慣れた食器からしかモノを食わんというから……」

「それでも駄目。茶碗抜きの猫だけで一両」

「親父、あんた、おかしいよ。なんでそんな汚い茶碗にこだわるのかいな？」

「──それが、絵高麗の梅鉢だからでございます」

「うっ」と絶句する偽坊主。

──この親父、なんでそんなことを知っているんだ？

しかし、一度始めた奸計を容易に引っ込めることは出来ません。

「はは、いささかはモノを知っているご仁のようだが、やはり素人さんの物言いですな。拙僧は、実は僧職の傍ら、寺社奉行《ぶぎょう》の書画骨董保存方《かた》のほうにも関わっておりましてな。巷《ちまた》に埋もれている書画骨董の類《たぐい》を多く見ているから、鑑定眼にはいささかの自信がありまする。その拙僧の見立てによると、そちらの碗は、素人目には絵高麗のように見えるが、ずっと後の時代に京あたりで造られた模造の土産物《みやげもの》の類。ほら、その縁あたりの《古艶《ふるつや》》は、あとから筆で、それらしく彩色されたもの──」

「おっと」と偽坊主の口から出まかせを途中で遮る茶屋の親父。「古艶──ってのは、ああた、舶来骨董箪笥の類に用いる言葉。茶碗に古艶なんて、聞いたことねえや。こいつは正真正銘の絵高麗の梅鉢さ。出すとこへ出しゃあ、五百両は下らねえシロモノなんじゃありませんか？」

「うう一ん」とまた絶句して、「あんた、それほどの知識があるとは、ただの茶屋の親父風情《ふぜい》じゃないな？」

「ああ、若い時分に大坂《おおさか》は島之内《しまのうち》の遊里を放逐《ほうちく》されて、こっちへやって来た――」

「なに、大坂島之内というと……ミナミ。――ってことは、あんた、『ミナミから来た男』か？」

「ん？　それ、何かの伏線《ふくせん》でっか？」

「あ、いや、それは……どうでもよろし。――で、あんた、遊廓《ゆうかく》で働いてたのか？」

「おうよ、関東のほうで言うウマみてえなことをやってたんだ」

「なに、ウマ……前世は馬だったと？」

「へん、すっとぼけんな、若い頃は廓で勘定取立ての付け馬《うま》をやってたって言ってんだよ」

「付け馬……ああ、西のほうで言うところの掛廻《かけまわり》か」

＊「南から来た男」は賭けをテーマにしたロアルド・ダールの名作短編。

「そうさな……なんでえ、悪所のことも、よう知ってるじゃねえか。あんさん、ただの坊主じゃねえな」

「まあ、それは……ええから。――なるほど、金満豪勢な遊廓で掛廻の用心棒稼業をしてたなら、耳学問もたんとしたことじゃろう……道理で絵高麗を知ってるわけじゃな」

「ああ、ちいと花魁としくじりをやっちまって、廓を追われたんだが、その駄賃代わりに花魁からクスねてきたのが、この絵高麗だぁな。――ところで、詮議《せんぎ》立てするほうのあんさんも、さっきから口から出まかせ三昧に飲酒三昧、それに廓言葉もご存知ときた。どうだい、あんさんのほうも、本物の坊主じゃあるめえ」

「ふん、見抜かれているなら、仕方がない。わしの正体は道楽三昧の骨董商だよ。――それはともかく、あんた、絵高麗だと知っていて、なんで、ドラ猫の食器なんかにしているんだ？」

元掛廻の茶屋の親父は色悪《いろあく》風にニヤリと笑って、

「こうしていると、時々、拾ってきたドラ猫が高く売れるもんでね」

――と、いつもなら、ここでオチとなってもよろしいのですが、すでに蒐集の鬼と化している偽坊主は、目の前のブツを容易に諦めきれません。

「薄汚いドラ猫はいらんから、その絵高麗を譲れ」

「五百両」

「そんな金はない」

「じゃ、家一軒」

「それもない。蒐集の道で蕩尽《とうじん》を重ね、恥ずかしながら今は蔵に間借りの身じゃ」

「それじゃ、話にならねえ」

それを聞いて、ひどく落胆した偽坊主は、席に腰を下ろし、いったん興奮を鎮めようと、懐から喫煙具を取り出して、刻み煙草で一服し始めました。その様子を目にした茶屋の親父が目を輝かせて、

「おや、あんさん、面白れぇものをお持ちだねえ？」

「あ？　これか？」偽坊主の手には角《かど》の丸い筆箱のような銅色をした道具が握られております。「これはな、刻み煙草用点火器といってな、仕掛けは——ここのところの衝撃子がゼンマイバネで弾かれて火打石に当たり、火花が散って、下のモグサに火が点くという具合になっておる」

「それなら確実に煙草に火が点くというわけだね？」

「ああ、何十回と使っているが、いまだに、しくじったことはないな」

「廓の中にいた時もそんな珍品見たことねえ。いったい、どこで手に入れなすった？」

「これはな、かの有名な蘭学者《らんがくしゃ》の平賀源内《ひらがげんない》先生の発明品だったものを、先生本人と賭けをして奪い取ったのだが――」

「へー、あんさん、賭け事もやりなさる？」

「あ、いや、これはカケ――掛け合い事の手伝いをして、そのお礼に――」

「あー、もう取り繕わなくても、いいってことよ。あんさん、博奕もやるんだろう？骨董蒐集に血道を上げて、その上、博奕とくりゃあ、そりゃ財産もなくすだろうよ。この絵高麗を買い取るなんざ、できねえわけだ」

偽坊主は慌てて先回りいたします。

「こ、この天下の珍品は一命を懸けて必死の想いで奪取したもの。いくら絵高麗でも、これと交換というわけにはいかんぞ」

そこで茶屋の親父は枝にとまった猫のようにニタニタ笑いながら、

「いや、その珍品を取り上げようとは言わん。だが、その代わりに、面白れぇことを思いついた。――どうだい、それを使って俺とひと勝負――賭けをやらんか？」

「は？　賭けを？」

「そうよ。あんさんも賭け事好きなんだろ？　今はこんなシケた茶屋の親父に身をやつしているが、俺も元は悪所の出だ。若い時分はさんざん博奕に入れ込んだクチだよ。死ぬまでに、もう一度、あの綱渡りのような賭けの興奮を味わいてえと思ってね」

「ふぅむ」と思わず頷《うなず》く偽坊主。悪徳尽くしの似た者同士のこと、気脈通ずるの感を抱きましてな。「——で、どうする？」

「あんさん、さっき、その点火器でしくじったことはないと言ったね？　——どうだい、その点火器で十回連続で火を点けることができたら、絵高麗の梅鉢を進呈しようじゃないか」

「ほう……それは悪くない賭けだが——その賭けにわしが負けた時は、どうなる？　最前から申している通り、あんたに渡す金子はないぞ」

「ああ、わかってるよ。こちとらも、ドラ猫を何匹も高値で売り払って少しは小金も貯まってる。別に金に困ってるわけじゃねえんだ。金の遣り取りどうのじゃなくて、心根が欲しがってるんだ。昔みてえな綱渡り博奕のドキドキ気分を楽しみたいんだよ」

「じゃ、何を差し出せばいいんだ？」

「あんさんの、左手の小指をいただく」

「あ？」一瞬息を呑む偽坊主。「――小指を……どうやって？」

「こいつで、たたっ切る」と言いながら茶屋の親父は、いつの間にか帯に挟んでいた魚捌《さば》きの出刃包丁を取り出します。「あんさん、今しがた、一命を賭して、その点火器を手に入れたと言っただろ？　博奕狂いのあんさんは、以前にも命の遣り取りをするような賭けを、潜《くぐ》り抜けてきたってわけだ。――なら、もう一度くらい、いいだろうが？　廓の女郎にとっちゃあ、指一本は心中立《しんじゅうだ》ての証《あかし》なり、とね。――だが、何も命をくれろと言ってるわけじゃねえんだ。左の小指一本ぐらい失くしても、この先あんさん、偽坊主や骨董屋稼業とやらで、困るわけじゃあ、あるめえ」

　出刃包丁のギラリと光る刃と相変わらず猫が頭を突っ込んでいる絵高麗の梅鉢を交互に見比べていた偽坊主、とうとう意を決しました。

「そんな風に、こちらの本性を読み切られては、その賭け、受けぬわけにもまいるまい」

「そうこなくちゃ。――ほれ、左の手を、そこの飯台の上について、指四本は握って、小指だけこちらに突き出すんだ」

偽坊主が言われた通りにしますと、これまた用意周到に袂から取り出した釘を偽坊主の左手の両側に打ち付け、紐を二本の釘と拳に絡げて、切断から逃げられないように、しっかりと固定いたします。その手慣れた様子を見た偽坊主が、

「あんたのほうも、この賭け、初めてではないな？」

「ああ、東のほうの連中にゃあ馴染みがないかもしらんが、ミナミの遊里の奥の奥のほうじゃあ、風狂《ふうきょう》遊びの極みとして密かに伝わってきたもんさ」

指先の固定をやり終えると、茶屋の親父は喜々として出刃包丁を小指の上にかざします。いっぽう、右手に源内先生謹製の刻み煙草点火器を構えた偽坊主のほうは、

「ひとつ、頼みがある」

「なんだい？　もう後には引けねえぜ」

「いや、この点火器の火が点いたら、その都度、何回目かを数え上げて教えてほしい」

「ああ、いいぜ。十回は長丁場だからな」

「じゃ、いくぞ」

偽坊主、ゼンマイ仕掛けの衝撃子をビインと弾きます。その衝撃子が火打石にカチッとぶつかって、パチッと火花が散り、下のモグサにボッと火が点きます。

「ひとぉーつ」

いったん蓋《ふた》をして火を消し、二回目の挑戦となります。

ビイン、カチッ、パチッ、ボッ――

「ふたぁーつ」

ビイン、カチッ、パチッ、ボッ――

「みいぃーっつ」

すでに偽坊主の禿頭には汗の玉が滲み始めております。

ビイン、カチッ、パチッ、ボッ――

「よおーっつ」

――そこで、刻を告げる寺の鐘の音が。それを聞きつけた偽坊主が、不意に顔を上げて咄嗟《とっさ》に訊きます。

「親父、いま何刻《なんどき》だい？」

「へい、暮《くれ》六つ――で」

ビイン、カチッ、パチッ、ボッ――

自分の言葉につられた親父が思わず続けて、

「ななぁーつ……ん？　あれ？」

「いや、気のせい、気のせい、はい、次々」

ビイン、カチッ、パチッ、ボッ――

「やぁーっつ！」

ビイン、カチッ、パチッ、ボッ――

「ここのぉーっつ！」

ここまで来て、偽坊主は「この勝負、貰ったなっ」と心の中で叫びました。しかし、額《ひたい》も点火器を操る右手の指先も、すでに汗でじっとりと湿っております。これではしくじると、右の指を袖口で慎重に拭って一息つくと、いよいよ最後の所作に――

ビインと弾くと、カチッと当たり、パチッと火花が――

と、その時。

折悪しくも、川向こうから渡って来た一陣の春風が火花を吹き消し――

「うぐぁ」と偽坊主が呻《うめ》くと同時に出刃包丁が勢いよく振り下ろされ、タンッという乾いた音と共に、根元からスッパリ切断された小指が、ぽーんと吹っ飛んで、計ったようにドラ猫の茶碗の中へ――。

驚いた猫が、はずみで茶碗に前足を踏み込んで、それがパリンと真っ二つに割れてしまいます。割れた茶碗の狭間《はざま》に残った小指をまじまじと見た猫は、すかさずそれをくわえると、そのまま、ぱっと後ろに飛び退きます。

それを見た偽坊主が慌てて、「ああ、こらっ、それを返せ。食い物じゃないんだ。氷で冷やせば、まだくっつくんだから！」

茶屋の親父も怒声を上げて猫を叱りつけます。「——こらっ、賭けに勝ったのはこっちだ。その指は俺のもの。絵高麗が割れたとあっちゃあ、その指を坊主に高く買い取らせるしかないだろが！　こっちへ返しやがれ、この泥棒猫め！」

慌てふためく人間どもの様子を見て取った猫は、くわえていた小指をぺっと足元に吐いて、前足でしっかり押さえながら、大口を開いて、啖呵《たんか》を切り始めます。

「やいやい、猫だと思って馬鹿にするにゃい！　こちとら、川向こうの悪所場《あくしょば》を放逐された天下御免の廓猫、お前ら人間どもの頓痴気《とんちき》話はちゃ〜んと、この地獄耳に入ってるんでい。こんな不味《まず》そうな小指、はなから食おうとは思っちゃいにゃあよ。——そんだでもにゃ、これ、持ってくところに持って行きゃあ、五百両になるんだろ？　そんだけせしめりゃ一生分の鰹節《かつおぶし》買っても、お釣りがくらぁ！」

そう言うと、哀れな畜生、再び小指をくわえて、外へすっ飛んで行きました。

——さて、猫に仏性ありや？

品川心中幽霊

落語魅捨理全集二

えー、昔の狂歌に、

傾城《けいせい》の恋はまことの恋ならで
金持ってこいが本当《ほん》のこいなり

——というのが、ございますが、傾城というのは、遊里《ゆうり》で春をひさぐ商売をしている女——つまり、遊女のことでして、こうした遊里の世界での色恋沙汰も商売のうちでございますから、所詮は「金持ってこい」の金次第というような、まあ、女郎買い遊びへの戒めを歌ったものでございますな。

この遊女が、馴染みの客に、「わたしの愛しい人はあなた様だけ」と、愛の証として送る文のことを起請文《きしょうもん》といいまして、これなんぞも、「金持ってこい」の釣りの餌として書く場合も多々あるとか。うっかりこんなものを貰《もら》ったりして鼻の下を伸ばしていると、あとで痛い目にあったりするのも廓《くるわ》の常ということでございますな。

遊里といえば、江戸では、吉原《よしわら》を天下御免の御町《おちょう》などと申しまして、遊びの本場とされてきたのですが、これ以外の遊廓《ゆうかく》を岡場所《おかばしょ》と呼んで、取り分け、品川、新宿、千住、板橋は四宿《ししゅく》と呼ばれ栄えていたそうですが、中でも、品川は、海っぺりの宿《しゅく》ながら、東海道への入り口ということで、ひと際、繁盛しておりました。

その品川の黒沼楼《くろぬまろう》という遊廓に、渦巻《うずまき》さんという、板頭《いたがしら》の遊女がおりました。板頭というのは、廓内に掛けられた遊女たちの名前を書いた板札の筆頭——つまり、当店売れっ妓《こ》のナンバー・ワンというわけでございますな。吉原で言うところの御職《おしょく》であります。

ところが、この渦巻さんが、ここのところ悩んでおりまして、そろそろ年増の域に差し掛かり、若い新造《しんぞ》さんの昇格・台頭などで、板頭の地位も風前の灯《ともしび》。起請文を乱発した旦那方の足も、何やかやで遠のいております。そこへきて、廓の重要行事である紋日《もんび》が近づいてまいります。紋日というのは、うつり替えといって、単衣ものから袷《あわせ》に移行する世間の五節句《ごせっく》と遊里の祝日が結びついたものでして、その紋日となりますと、遊女たちは祝いにことよせて、朋輩《ほうばい》や芸者に幇間《たいこもち》なども座敷に呼んで、飲んで騒いで、禿《かむろ》、遣手婆《やりてばば》から店の若い衆までご祝儀を配って、うつり替えのお披露目をしなければなりません。そのご祝儀だけでも何十両とかかります。ところが、入ってくる金子《きんす》のほうはいっこうに……という。

それはなぜかと申しますと、「客寄せかえって客遠のく」と言われているように、紋日に当たれば、客は否応なく揚げ代金をいつもの倍は払わねばならないという廓の習わしがありまして。当然、ちょいと遊び慣れた方なぞは足が遠のくわけでございます。

そのいっぽうで、紋日に客が付かなければ、遊女は身揚《みあが》りをする掟というものもございました。身揚りとは、遊女が自分で自分を買うこと。つまり自分の金で自分の一日を買って自由にできるということでございますが、その揚げ代金は前借金に加算される仕組みで、それだけ年季明けが遠のくわけで、楼主にとっては都合がいいが、遊女のほうは、ますます苦しくなるという、まことに悲惨な祝日があったもんで——。

さて、その恐怖の紋日が近づく中、黒沼楼の渦巻さんは、窮地に追い込まれておりました。

「まったく、どうなってるんだろうねぇ……書きたくもない起請文を何通も書いているのに、男どもの不実なことと言ったら……」

と、自分の不実を棚に上げグチを申します。

「越後屋の旦那は、紋日《もの》には、よんどころない用事で行けないと。あれだけつくしてやった米屋の若旦那も、その日は占いに外出はならぬ凶日だと言われたとか……島田の親分さんも毎日が博奕《ばくち》漬けのくせに、その日に限って、義理の掛け合い事があるから駄目だと……。藤五郎《とうごろう》の奴は返事もよこさない……ああ、鬱々悶々《うつうつもんもん》……だわいなぁ。

——こんなに心持ち悪いのなら……もう、いっそのこと、死んでしまおうか……でも、ここで一人死んじまっても、渦巻は紋日前で金に詰まって死んだってのが、世間様にバレバレだろうし……それじゃ、あんまり悔しいじゃないか……」

——などと、考え詰めた挙句、渦巻さん、どんどん危ないほうへ頭が働いてまいります。

「ええい、畜生、こうなったら、誰かを道連れに死んでやろう。男と二人で死ねば、心中ってことになって浮名が立つ。そうすれば、この渦巻さんの女も上がるってもの」

死んで女が上がってても仕方ないのですが、この妄念に取り憑《つ》かれた渦巻さん、早速、馴染《なじみ》帖を持ってきて、心中相手をあれこれ選び始めました。

「……ええと、新町の辰っつぁん……この人、おかみさんだけじゃなくて、子供もいるからなぁ……子供に罪はありませんよってかぁ……駄目だねえ。寿《ことぶき》町の金蔵《きんぞう》……うーん、これは狒々爺《ひひじじい》で、どうも容子《ようす》がよくない……却下。博奕に入れあげて世間様に評判の悪い源三郎も駄目……ん？　八兵衛《はちべえ》……ああ、こいつはいいかも。役者みたいに容子がいいわけではないけど、独り者だから死んでも誰も悲しまないし、呑気な上に慌て者――うっかり八兵衛の異名を取るくらいだから、言いくるめれば、うっかり心中話に乗ってくるに違いないよ……そうだ、この人に決めちまおう……」

と、勝手に決められたほうも、いい面の皮ですが、思い立ったが吉日と、この見栄っ張り女郎、八兵衛さん宛に「ぜひ明日、お逢いしたく……」と手紙をしたためます。

翌日の夕刻、勝手に心中相手に決められたご当人が、住処《すみか》の長屋を、のそりと出てまいりますと、近頃、近所の文福寺《ぶんぷくじ》の住職に収まった無門道絡《むもんどうらく》という禅家《ぜんか》の僧侶とばったり出会います。この道絡というご仁《じん》、実は本業の骨董商売に際して、人びとを油断させるために成りすました偽坊主なのですが、それはまた別の噺《はなし》なので、ここでは、ご勘弁願います。

「おや、八兵衛さん、どうしたい、こんな時分に」

「ああ、ご住職、えー……ちと品川まで、野暮用で」

「品川に野暮用とは隅に置けないね」

「へへへ、黒沼楼の板頭の渦巻の奴が、おいらに首ったけで、先だっても起請文寄越したりしたんですが、今度は、一身上の相談をしたいから、今晩、ぜひ逢いに来てくれなんて、可愛いこと言いやがるもんでね、えへへ」

　道絡さん、首を傾げながら、

「しかし、あんた、昨日は『明日は水戸《みと》のご老公の諸国漫遊のお供をするんで、早起きしなきゃ』とか、言っていなかったか？」

「へえ、それが、うっかり寝坊しちまいまして……」

「うっかり寝坊って、もうすぐ日が暮れるよ」

「へへへ……面目ない」

「それに、ご老公の居所は水戸藩中じゃろ？　なのに、あんたが江戸に住んでいて、お供の仕事が務まるものなのかい？」

「あ、それもそうでしたね、つい、うっかりしちまって……せっかく、天下の副将軍のお供をさせてもらっているのに、まったくもって面目ないことで」

「ん？　天下の副将軍？　公儀関連に副将軍なんて役職は……聞いたことないがな……」

「え？」と、びっくり仰天の八兵衛さん。「そうなんすか？」

「ご老公のお名前は？」

「水戸光圀《みつくに》様かと……」

「ふぅむ……光圀公なら、『大日本史』編纂に専念されて、引き籠り状態のはずで、諸国漫遊などしておる暇はないはずじゃが……」

「ええっ？」とまたまた驚く八兵衛さん。「――そうかなぁ……あっしの知ってる水戸のご老公は、しょっちゅう、あちこち出歩いてますよ」

疑義を抱いた時の癖で藪睨《やぶにら》みの目を細める道絡さん。

「そりゃ、あんたのうっかりの聞き違えで、天下の副将軍の水戸光圀というのは、本当は天下の服商人の井戸水汲み――とかいうんじゃ……？」

「そりゃ、ひでえや。そんな真面目な時代考証みたいな詮議《せんぎ》立ては、勘弁してくださいよぉ。ともかく、ご老公、お給金はちゃんと払ってくれてるんだから」

「ふぉっほっほ」と道絡さん、水戸のご老公のように鷹揚《おうよう》に笑って、「そうじゃな、落語で時代考証など野暮なことじゃったな。――ともかく、そんなお大尽《だいじん》のお供と言えば、武士ならいい仕官ができたようなものじゃないか。それが、そんなうっかりばかりで、どうするんだい？」

「この間も、ご老公の配下の助さん、格さんに叱られちまって……」

「どうなすった？」

「預かっていた印籠《いんろう》を、悪代官が悪さする前に、うっかり出しちまって……勘付いた悪代官は悪事をせずに、ご老公も世直しのしようがないという……」

「――そのうっかりは、さすがのわしも庇いきれんな」

「えへへ、面目ない……でもね、あたしのその『うっかりぶり』が、気重な世直し旅の一服の清涼剤じゃと、ご老公からは褒められております」

さすがに、道絡さんも呆れながら、

「ああ、さよか。じゃ、気晴らしに品川へ行ってきなされ」

――てな具合に、うっかりの国からうっかりを広めに来たような、得がたき人材の八兵衛さんでございます。

さて、そんなこんなで、黒沼楼へ登楼《あが》った八兵衛さんを、手ぐすね引いて待っていた企みの女郎が迎え入れます。

「ああ、八っつぁーん！　いえ、八様、やっぱり来てくれたんだねえ。あたしゃ、嬉しいよ」

「おおよ。起請文をくれた可愛いお前のことだ。駆けつけてきましたよ。――で、急ぎの相談ってのはなんでい？　年季明けで一緒になるって話かい？」

「あん、それはまだ……言いっこなしだよぉ。そうじゃなくて、明日が紋日《ものび》なのに……」

「ん？　紋日？　あの、揚げ代が倍額っていうボッタクリの日？」

「あは、そ、そうには違いないけど、お客だけじゃなく、女郎にとってもボッタクリの日でさぁ……紋日のお披露目には、いろいろともの入りな上に店の連中にもご祝儀たんと出さないとならないし、もう大変なんだよぅ――」

渦巻さん、顔を曇らせて、ほうと溜息をつくと、

「――それが、あたしったら、そのご祝儀のお金にも事欠く始末で、とても、紋日のお披露目なんて……」

「そいつぁ……いったい、いくらくらい、いるんでい？」

渦巻さん、ぱっと顔を輝かせて、「四十両。あんた出してくれる？」

「それは……ない」

「じゃ、二十でもいいよ」

「ないね、実は、うっかりしてたんだが、今夜の揚げ代にも事欠く始末で」

「ん、もう！　あんた、この頃、水戸のご隠居さんのお供かなんかやって、たんまりお給金貰ってるって噂、聞いてるんだけど」

八兵衛さん、眉を八の字にして、弱り顔で、

「うん、それはそうなんだが、あの仕事、あんまり実入りがよくなくてね……」

「どうして？　水戸のご隠居はお大尽なんだろ？」

「それが……お給金を払ってくれるのは、ご老公じゃなくて、興行主」

「興行主？」

「うん。ご老公の世直し行脚を芝居にして、全国の小屋でその芝居を打って、荒稼ぎしてる……」

「じゃ、その興行主が……なんというか、ご祝儀とか、たっぷり払ってくれるんじゃないの？」

「それが……事務所を通すと……経費と手数料引かれて――」

「ジムショ？　なにそれ？　社務所みたいなもん？」

「お、おう、まあ、そんなようなもんだが……払われた金は、まず、主役のご老公がごっそり取って、次が助さん、格さんで、その次が、かげろうお銀と風車の弥七《やしち》で

……おいらなんかは、一番安くて、一本一両。三月働いて、まだ三両」

「たった三両かい……あーあ、なにしてんだか」と渦巻さん、天を仰ぎます。

「うっかり料に――って」

「馬鹿だね」

「馬鹿とはなんでい」と、さすがに顔色を変える八兵衛さん。

打算ずくの本性がばれてはまずいと、慌てる渦巻さん。

「あー、いや、その悪徳大手興行主が馬鹿野郎だって言ったんだよ……ともかく、あんたの金がアテにならないんだったら――」

渦巻さん、懐から書状を取り出して、

「あんた、これ読んで」

「なんだい、起請文なら、こないだ貰ったばかりだが……」

「読めば、よんどころない事情がわかるから」

差し出された紙に書かれたことどもを素直に読み始める八兵衛さん。

「えー、なになに……書置きのこと……なに？　書置き？」

「いいから、早くお読みよ」

「えー、……一筆書き残しまいらせ候《そうろう》。かねてお前様もご承知の通り、紋日《もの》前には金子がなければ立ち行き申さず。ほかに多々談合いたすものも……啼《な》くに啼かれぬ鶯《うぐいす》の、身はままならぬ籠《かご》の鳥、ホウ法華経《ホケキヨウ》までお隠し申し候えども、もはや叶い申さず。天下に赤っ恥晒すくらいならば、今宵限り自害いたし相果て申し候《そうら》間《そうろうあいだ》……おいおい……もしも、わたくしのこと不憫《ふびん》と思い出《い》だされ候えば、折節の回向《えこう》を、ほかの千のお供物、万部の読経より嬉しく成仏つかまつり候。ほかに迷いは、これなき候えども、わたくし亡きのちは、おかみさんをお持ちなされ候かと、それのみ心にかかりまいらせ候。申し残したきこと死出の山ほど候えども、心せくまま、あらあらかしこ。八様まいる。渦巻こと鬼瓦《おにがわら》タミ」

「こ、こりゃあ……おどれえたな」

わが意を得たりとばかりに頷《うなず》く渦巻さん。

「――お前の本名、鬼瓦っていうのか？」

「驚くの、そこじゃないだろが！」

「す、すまねえ、つい、うっかり」

「――ともかく、そんなわけでさぁ、お金ができなくて、惨めな想いをするくらいなら、いっそ死のうと思って……」と、しおらしく上目遣いに八兵衛さんの顔を窺う企み女郎。「……お前様とは、末の末までと約束がしてあったんだから……まあ、あたしが死んだのちは、折れた線香の一本でも手向《たむ》けておくれよ、ねぇ……」

　相手の言葉に慌てた八兵衛さんが、

「そ、そんなこと言うなよ、渦巻、お前とは、起請文を貰った仲、それが先に死んじまったら、おいら、この先どうして生きて行けるっていうんだ？」

「生きちゃ行けないと？」兎罠《うさぎわな》が、かちりと音を立てます。

「おうよ。生きてく夢も希望もねぇ」

「……んじゃあ」渦巻さん大儀《たいぎ》そうに呟きます。「いっそ、一緒に死んでくれるかえ？」

　八兵衛さん、さすがに息を呑み、「む、むう……まあ付き合ってもいい……けど」

「まあ付き合う——ってなんだい？　お汁粉《しるこ》食べに行こうってんじゃないんだよ！　あんた、ほんとに死んでくれるの？」

「ほ……ほんとに死ぬよぉ。嘘だと思うなら、手付に、うっかり転んでおこうか？」

「そんな手付はいらないよ」相手の気が変わらないうちにと気がせく渦巻さん。

「——で、いつ死ぬ？　きょう？」

「あ、いや、落ち着け。そんなに慌てなくても……覚悟の心中なら、いろいろ、それらしい準備がいるだろう？」

「あら、うっかりさんが、たまにはいいこと言うじゃない……そうねえ、あとに浮名が残るように、ふたり白無垢《しろむく》なんか着てたら、ちょいと粋じゃないの。あんた、そういうの買ってきてよ。それ持って、あしたの晩また来てちょうだい」

テキトーに選んだ相手と死ぬのに粋も数奇《すき》もあったもんじゃありませんが、思い通りに事が運んで、すっかり気をよくした見栄っ張り女郎、その夜のおつとめもせずに、さっさと八兵衛さんを追い返してしまいました。

馴染みの女郎に魂を抜かれてしまった八兵衛さん、翌日になると、早速、むかし世話になった大工の棟梁《とうりょう》の大五郎《だいごろう》さんに頼んで道具屋を呼んでもらい、家財道具一切を売り払う算段をいたします――。

売り払いの立ち会いに来た大五郎さん、訝《いぶか》し気に八兵衛さんに訊ねます。

「しかし、なんでまた、こんなに急に金をつくろうとするんでい？」

「へい、ここのところ女郎買いばかりで蕩尽《とうじん》しちまったもんで、ちょいと西のほうへ出稼ぎに行こうと、その路銀《ろぎん》を――」

「西へ？　ほう……京か大坂あたりかい？」

「いや、もそっと遠い西方の国へ――」

「どれくらい遠い？」

「西方阿弥陀仏《あみだぶつ》……確か十万億土《じゅうまんおくど》とか……」

「はは、大袈裟なことを……で、いつ、帰りなさる？」

「盆の十三日には帰る予定で――」

「はあ？　縁起でもない奴だね、どうも」

「へへへ」

「ともかく、品川あたりの悪女郎に貢ぐための金策じゃなきゃいいけどな……ま、また困ったことができたら、俺んとこへ来なよ」

――と、そんなこんなで、八兵衛さん、ようやく金をつくって、白無垢を買い求めます。ところが、見栄っ張り女郎のために、うっかり上等のものを買ってしまったため、自分の死装束の代金が足りなくなります。しかたなく、自分のものは、腰から下のない胴裏《どううら》みたいな間抜けたものを買って間に合わせ、それらを持って黒沼楼へと馳せ参じることになります。


もう来るかと、ろくろ首のように首を長くして待ちかねていた渦巻さんが、こぼれんばかりの営業笑顔で出迎えます。

「まあ、八っつぁん、よく来てくれたねぇ。八様お見限りではと気をもんで……嬉しいよ、八兵衛様様……ねえ、八さんよぉ……わたしのハチ公、ハチ……」

と、まるで渋谷の忠犬を呼ぶようにハチ、ハチとうるさいこと。

「もう今夜はこの世の別れだから、飲めや歌えのドンジャカリンで騒ぎましょうよう」

「でも、おめえ、きょうは勘定二倍のボッタクリ日じゃなかったのかい？」

「なーに、しみったれたこといってるんだい。どうせ死ぬのに、揚げ代なんて――」

「それも……そうだな。よし、おいおい、酒、肴、幇間、芸者、何でもかんでも持ってきやがれってんだ！」

それからふたりはドンジャカリンと無責任な無銭飲食の宴を楽しみました。たらふく飲んで気の大きくなった八兵衛さんが、

「さあさあ、まだまだ鯛でも目刺しでも、なんでも持ってきな。勘定が欲しけりゃ、三途の川までいらっしゃいよってんだ。地獄の釜の蓋《ふた》は開いてござるからね、このボッタクリ泥沼楼《どろぬま》めが……」

この酔いどれの戯言《ざれごと》を耳にした見栄張り女郎、こいつの口からうっかり心中の筋書が露見してしまってはまずいと、取り巻きが帰るまで、取りあえず寝かしつけることにします。

強引に隣の間の床に押し込むと、八兵衛さん、すぐに他愛なく寝入ってしまいました。それから、取り巻きを「もうお開きだよ」と追い払った渦巻さん、再び隣の間に戻って、酒を手酌で独りしんみりやりながら、心中の相方の寝顔を眺めておりました。

「ああ……よく寝てるねぇ。鼾《いびき》をかいて、鼻ちょうちん膨らませて……こんな時に、よくも寝られるもんだよ……神経が図太いのか、それとも、うっかりだけのカラ馬鹿なのか……心中の相方、ほんとにこんなのでよかったのかなぁ？　こんなのが最期の相方かと思うと、つくづく情けなくなってくるよ」

――と、後悔の念も頭をもたげてきた渦巻さんでしたが、ここまで来ては、もう後には引けません。ほうと溜息をつくと、最後の盃をぐっとあげ、さて、八兵衛さんを起こしにかかります。

「ほらほら、八っつぁん、起きなよ。ねえ、起きとくれよ！」

「うーん、むにゃむにゃ……もう、食えねえ……」

「あきれたね、寝ぼけてるよ、この男。――えい、起きないか、ハチ公！」

と、乱暴に心中の相方の頭を叩きます。

「あ……てて、もう夜が明けたか……？」

「夜が明けてどうすんだよ！」

「夜が明けたら、帰らねえと」

「帰っちゃ駄目だろう。きょうは心中するって約束したんだから！」

「心中……おう、そうだった。すまねえ、つい、うっかり忘れてた」

「うっかりついでに、死出の準備も忘れてきたなんてんじゃないだろうね？」

「いや、それは大丈夫。その風呂敷包を開けてみねえ」

風呂敷を解いた渦巻さんが歓声を上げます。

「まあ、白無垢――これ、ずいぶん、いいものじゃないか」

「家財道具を全部売っぱらって、末永く使えるような上等のを頼むって言って、買ってきたんだぜ」

「馬鹿だねえ。死装束に末永く――もないもんだよ。でも、これなら死んでも恥ずかしくない……あれ、もう一着のほうは、やけに寸法が短いねぇ？」

「あ、それは、おいらのやつ。腰から下は倹約したの。――ほら、お上から倹約令が出てただろ？」

「もうっ。死装束の倹約令なんて、聞いたことないよっ。あたしのじゃなけりゃ、まあいいけど……で、あとは？」

「あとは……って?」

「死装束が揃えば、あとは死出の道具だろう? 綺麗さっぱり命を絶てるやつを――」

「あ? 風呂敷ん中にあるだろ? 匕首《あいくち》が」

「ないよ、なんにも」と風呂敷を振って見せる渦巻さん。

「あれ、おかしいな。ちいと赤錆《あかさび》が浮いた匕首を入れといたはずなんだが……うっかり、落としてきたかも……」

絶望的な溜息をつく渦巻さん。

「はあ……じゃあ、今朝研いだばかりのあたしの剃刀《かみそり》ですっぱりいきますか……」

「あ、それ駄目。切れる剃刀は痛いし、あとの療治がよくない……」

「あのねえ、もしもし? あたしら死ぬんだよ、あとの療治なんて、ないのっ!」

「でも、おいら、痛いの嫌だなあ。だから、切れない赤錆の匕首をわざわざ選んだんだけどなぁ」

「男のくせに、意気地がないんだねえ……」

と、困《こう》じ果てた渦巻さんの頬を、開け放たれた窓から吹き込んできた一陣の風が撫でます。それで閃《ひらめ》いた見栄っ張り女郎、次なる妙案を考え付きます。

「そうだ、切った張ったの痛いのが嫌なら、別の粋なやり方がある——ほら、早いとこ白無垢着てさ、さっさと欄干の向こうの裏梯子を降りるんだよ」

「え？　外に出るのかい？　浜の手前の松の枝でぶらんと首吊りなんて、おいら嫌だよ。首吊ると、洟《はな》や糞尿《ふんにょう》垂れ流しなんだろ？」

「あー、うるさい人だね。洟なんか、もう垂れちまってるじゃないか。首吊りじゃないの。あたしもテルテル坊主は御免だよ。——この裏の桟橋から身を投げて入水《じゅすい》心中するんだよ！　それで明日、死体が浜に上がりゃあ、さすが、海っぺりの品川遊廓の板頭、大海に抱かれて最期を遂げるとは天晴れな心意気と、名が上がること請け合いよぉ、うふふ」

と、うっとりしながら申します。もう死の妄念で頭の血が大渦を巻いている渦巻さんでございました。

楼の裏梯子を降り、追手が来ないように、念のため、その梯子を外し、錠が壊れた木戸から浜に出ると、思いのほか強い潮風が白装束のふたりをなぶり、月も隠れた重々しい曇天からは、時々、大粒の雨がぽつりぽつりと落ちてまいります。長い桟橋をとぼとぼと行くふたりの白装束。しかし、その一方は腰から下は尻剝き出しという間抜けた姿。これでは、とても「名を上げる」心中ができるような粋な男女の道行きには見えません。

　桟橋の端まで辿り着くと、その向こうでは、風に煽られた大波が磯にドブーン、ドブーンと打ち付け、もの凄いことになっております。

　闇の中で逆巻く波しぶきの音を聞いて、やっぱり案の定、怖気づく八兵衛さん。

「ひゃ、ここは……命の危険が危ねえよぉ」

「なにうだうだ言ってんの、危ないから、ここにするんじゃないかっ」

　前門の虎、後門の狼とか申しますが、前は逆巻く波頭、後ろは渦巻の板頭と、もの凄いものに挟まれて立往生する八兵衛さん。

「まだ水は冷たそうだし……おいら、風邪気味だから……」

「ここまで来て、もう、あとには退けないよっ」と、相方の背中を押す非情な女郎。

「あ、危ねえって。ちょっとかき回して加減をみてから――」

「なに言ってんだ、お風呂に浸かろうってんじゃないんだよっ！」

　ドンと思い切り背中を突く苛酷な女郎。「あぁぁれぇー」と情けない悲鳴を上げて暗い海にドッボーンと落ちる、尻剝き出しの情けない心中相手。すぐに白い死装束も暗い海に消えてしまいます。

「ふぅー、まったく手がかかる心中相手だよ」

と、渦巻さんが吐息交じりに呟《つぶや》いた時──。

「おーい、渦巻さーん」

と、自分を呼ぶ声が後方から聞こえてきました。声は楼の若い衆のものです。だんだん近づいてくるその声が──。

「おーい、ああ、やっぱり渦巻さん、そんなところで、何してるんだよーっ！」

「何してるって……ちょいと、夕涼みをさ──」と白々しい嘘をつく渦巻さん。

「おーい、危ないから、戻って来いよーっ。あんたに、お客が来てるんだよー」

「え？　お客？　誰、誰よ？」

「守半《もりはん》の網元《あみもと》の旦那が、やっと金の算段が付いたから、渦巻さんに渡してえって
……」

「ん、まぁー、守半の旦さんが！　やっぱり、わたしが見込んだ男伊達だよっ！

今、そっち行くからぁー、ちょっと待ってなねぇ……」

と、自分が海に突き落とした尻剝き出しの心中相手のことなどすっかり忘れて、いそいそと駆け出すという、とんでもない「金持ってこい」女郎がいたもんで──。

網元の旦那は、紋日に入用な四十両を渦巻さんに手渡すと、「きょうは、他用があ

るから」と、座敷に上がることもせずに、そのまま帰ってしまいました。渦巻さんに言わせると、「ほんと、仏様のようなお方だよ」ということになりますが、遣手婆のほうは「紋日の揚げ代ボッタクリ」が嫌だったんだろう——と読んでおりました。

理由はどうであれ、渦巻さんのほうは、金子が入ればそれでよし。見世の連中に紋日の祝儀を配って面目を立てると、残りの金でその夜は「身揚り」をして、自由の身となり、自室で独りゆるりと呑み直しなどいたします。

「あーあ、久しぶりに、気兼ねなしの朝寝でも楽しもうかねぇ……」

と、そろそろ大引け（午前二時）にもなろうかという時——。

枕元の行燈《あんどん》が、どうしたことか、急に暗くなり、次いで、廊下に面した襖《ふすま》の向こうから、サラサラ……サラサラ……と、髪で襖紙を撫でるような音が聞こえてまいりました。

ぞくっと身震いが来ましたが、気丈で知られた黒沼楼の板頭女郎のこと、おもむろに立ち上がると、ものも言わずに、さっと襖を引き開けました。

と、思わず息を呑み、半歩退く渦巻さん。

廊下の闇に突っ立っていたのは、元結《もっとい》も解けて落ち武者のようなザンバラ髪に、寸の足らない死装束を身に纏《まと》った顔色の悪い男。その髪も白無垢もすっかり濡れそぼっております。

「八兵衛……さん」

濡れた死装束の男は、呼び掛けには答えず、落ち窪んだ眼窩《がんか》の奥から、じいっとこちらを見つめております。

「あはっ」と、乾いた笑い声を上げる渦巻さん。「ハチ……八っつぁんだねっ、どうしたんだい？」

自分で突き落としておいて、「どうしたんだ」もないもんで。

死装束がゆっくりと口を開いて、「戻って……来た」と呟くように——。

さすがに動揺しつつも女郎は取り繕おうとします。

「心配してたんだよぅ。あたしのほうもね、今から若い衆を大勢引き連れて、海をかっさらおうってとこで——」

「今からって……もう大引けになろうって刻限だよ」

「はは……だから、やっと大引けになって、手すきになって大捜索隊組めるかと思ってさぁ」と、あくまで言い張る女郎。「……でも……あんた、まさか死んだんじゃ……ね、あんた、生きてるんだよね？」

「十万億土という冥《くら》ぁ〜い一本道を、とぼとぼ歩いてたら——」

「ひっ」

「どっか、斜め上のほうから、誰かの声がしてねえ――『八兵衛、八兵衛よ、そっち行くんじゃねえ』って……」

「あ、それ、きっと、あたしの声――」

「いや、おめえじゃねえ。死んだお袋の声だったと思う」

「あはは、どっちでも、いいけど。それであんた、そこから引き返したわけだね？」

「うむ……」

「きゃはは、それじゃ、あんた、やっぱり生き返ったんじゃない！」

死装束は答えません。

「よかった、よかった。あたしゃ、てっきり死んじまったと思ったから、朝晩香花手向けてお題目唱えて――」

「朝晩？　あれからまだ、夜も明けちゃいねえぜ」

「あはは、そうだね。あたしにも、あんたの『うっかり』癖がうつっちまったのかねえ？」そこで、また半歩退いて、「ともかく、そんなとこに突っ立ってないで、こっちにお入りよ。ふたりで生還のお祝いしようじゃないの。あたしが、台のものでも取ってあげよう」

死装束が中へふらりと入りながら、「いったん死んだら、生ものはいけねぇ」

「おや、そうかい？　じゃ、精進でも？」

「いや、それよりも――」

「あい……」

「お団子でも……」

「お団子なんかでいいのかい？　餡子《あんこ》の入ったの？　それとも茶団子とかもあるよ？」

「お供え物なら白団子だろう」

「あはは。面白い事言うねぇ」

「それと――」

「あい……」

「床の生け花は、樒《しきみ》に代えてくれ……」

「樒って……あんた、仏前草じゃないかっ。んもうっ、縁起でもない冗談ばっかり言ってんだから。ともかく、顔色が悪いようだから、一杯きゅっと呑んでさ」

「顔色悪いか？」

「あい……」

「酒もいらねえ。心持ちが悪いんだ。ちと横にならしてくんねえか？」

「あ、それなら、お安い御用だよ。隣に床延べてあるから、そっちでゆっくり休んでくんないな……」

――てんで、死装束を床に押し込んで布団を掛けると、隣座敷へ戻って再び呑み始める渦巻さん。ひと安心はしたものの、どうも薄気味悪くて自分も寝る気にはなれません。なんだか胸騒ぎがして、用心が悪いような気もしたので、若い衆を一人廊下に控えさせておくことにしました。そうして、しばらくすると、再び、廊下のほうで若い衆の呼ぶ声が――。

「えー、渦巻さんえー、渦巻さんえー」

「なんだね？　もう、とっくに大引けは過ぎてるよっ」

襖を開けると、案の定、若い衆がきょとんとした顔で――。

「へい。あっしも、そう言ったんですが、『登楼《あが》りに来たわけじゃねえ。八兵衛さんのことで、こちらの板頭に内々の相談事があるから』って――」

「まあ、八兵衛さんの？」はっとして、隣室を一瞥《いちべつ》します渦巻さん。「――で、どなたが？」

「高輪《たかなわ》の大工の棟梁で大五郎さんというお人と文福寺のご住職の道絡さんというお坊

様で」

「棟梁とお坊様？　妙な組み合わせだねえ……棟上げ式でもやろうってのかい？」

「棟梁のほうは、むかし八兵衛さんの面倒を見た親代わりのようなお人だとか……」

「ふーん、まあ、いいわ。お通ししなね」

しばらくして、その「妙な組み合わせ」の二人組が現れます。

「まあまあ、いらっしゃいませ」と営業笑顔で迎える渦巻さん。「でも、なんだって、こんな夜更けに……棟梁とご住職が揃って何用で？」

「いえね――」と角材のような顔かたちの棟梁が板切れのような固い表情のまま口を開きます。「以前俺が面倒を見た八兵衛の馴染みの板頭が、あんさんだって聞いて来たんだが――」

「ああ、八兵衛さんなら――」

「おっと、みなまで言わずとも――」棟梁はそう言うと懐から一通の書状を取り出して、企みの女郎に突き付けます。

「あら、それは起請文……」

「そうだよ、あんたが八兵衛に渡した『末の末まで、あなた様と――』と愛の誠を誓った起請文だ」

「そんなものを、どうして棟梁がお持ちで？」

「八兵衛が家財道具一切を売り払った空き家に落ちてた」

「ちぃ」眉を顰《ひそ》める渦巻さん。「相変わらずの、うっかりだねぇ」

「それから、これも――」懐からもう一通の書状を取り出して広げて見せる棟梁。こちらの紙は湿っていて、綴られた文字の墨も滲んでおります。「――見覚えがあろう？」

渦巻さん、目を凝らして、そこに書かれた文字を読みます。

「なになに………一筆書き残しまいらせ候。かねてお前様も……云々かんぬん……啼くに啼かれぬ鶯の……かくかくしかじか……自害いたし相果て申し候間……云々かんぬん……心せくまま、あらあらかしこ。八様まいる。渦巻こと鬼瓦タミ……あらっ、これは――」

「これ見て、俺は、ひどくおどれえた」

「そ、それは――」

「……あんた、本名、鬼瓦っていうのか？」

「驚くの、そこじゃないだろっ！」

「え、えへん。――とにかく、その書置きの文面を読んで、これは八兵衛に宛てた、心中誘いの奸計《かんけい》が裏にあるのではと――」

「ち、違うよ。はは、それは冗談、退屈散じの、ただの遊び。廓ならではの、粋な遊びだったんだよぅ」

「いや、違わねえ」

「どうして、わかる？」

「本人持参のものだからよ」

「え？」

「出たんだよ」

「お月様が？」

「バカヤロ。おめえに海に突き落とされた八兵衛がさ、少し前に、俺んちへ、化けて出てきたんだよぉ……」

「化けてって……幽霊？」

「おうよ。ザンバラ髪に半ちくな死装束で、じっとり濡れそぼって現れやがった。そうして、俺に、その濡れた書置きを見せると、品川の黒沼楼の渦巻に嵌《は》められた、あの女郎、おいらだけ突き落としといて、怖気をふるって自分は逃げやがったって、涙と洟を垂らしながら恨み言を言うのさ」

「嘘っ」

「すっとぼけんな、べら棒め！　幽霊が嘘なんぞいうもんか。――それを聞いた俺は、まず、八兵衛を床へ寝かせて、ねんごろに弔って成仏してもらおうと、ここにおられる文福寺のご住職をお呼びして、枕経を上げてもらい、ついでに、ありがたい戒名までこしらえていただいたんだ。それが、この――あれ？」再度懐に手を差し込み首を傾げる棟梁。「……ねえぞ。うっかり落としたかな？」と道絡さんのほうを見ます。「ご住職、戒名はどうしましたっけ」

「わしがしたためて、仏さんの枕元に置いたのまでは覚えとるが……」

それを聞いて突然嗤《わら》い出す企み女郎。

「ほほほ……やっぱり嘘なんだろ？　戒名を付けたって？　はなから、そんなものないんだろう？　坊さんまで巻き込んで、手の込んだ芝居をしてくれるねえ。何が望みだい？　慰謝料でもふんだくろうってのかい？　八兵衛は死んじゃいない、いないんだから、あたしにねじ込むのは、大きな筋違いっていうもんだよ」

「死んじゃいねえ、だと？」

「ええ、八兵衛さん、ついさっき、ここへ来てさ、十万億土の途中で、引き返して、甦ったんだと。それで、白団子が食いたいだの、ひとくさり、うだうだ言ってから、急に『心持ちが悪い』からって、むこうの座敷で――」女郎は顎で隣室の襖を示します。「グーグー寝てるはずだよ」

「ほう」棟梁は動ずる様子もなく続けます。「八兵衛が生きている、と。ならば、その生きている八兵衛に会わせてくんねえか？」

「ああ、いいよ」

渦巻さんは先頭に立って、隣室の襖を開けると、そこに敷いてある寝床の前にしゃがみます。「はいはい、八っつぁん、起きて。お客人だよ」そう言いながら、枕が隠れるほど引き上げられた掛け布団を勢いよく捲ります。

「きゃっ」悲鳴を上げて思わず飛び退く渦巻さん。

遊廓特有の赤い敷布の上は、もぬけの殻。そこに寝かせたはずの死装束の姿はありません。ただ、床の真ん中に、一枚の短冊があるのみ。そして、そこに書かれていたのは――。

――空無《くうむ》鬱仮《うつかり》八信士《はちしんじ》

「これは――」棟梁が女郎の肩越しに覗き込んで申します。「紛れもねえ、八兵衛の戒名だな……」

企みの女郎が慄《おのの》きながら——

「——ってことは、あたしのとこへ訪ねてきたのは、八っつぁんの幽霊?」

「そういうことになるな」棟梁が怖い顔で頷きます。「ハチの奴は、あんたに裏切られたことを恨みに思って成仏できなかったものと見える。俺らの恐れていたことが起こってしまったんだ。板頭、あんた、そろそろ白状しなよ。最後の最後で怖気づいて、心中の後追いをせずに、逃げたんだろ?」

「怖気づいたんじゃないよ……」と、企みの女郎が、震え声で応じます。「……ただ、直前で事情が変わって、自害する理由がなくなっちまっただけなんだ」

「理由がどうであれ、八兵衛を先に死なせてしまったことに変わりはねえ。あんた、この先、ずっと祟られて、終いには、呪い殺されることに——」

「ひえー」不実な女郎が、思わずその場に平伏します。「御免なねぇー、あたしが、悪かったよ〜。回向でもなんでもいたします……でも、何をどうしたら許してくれるの……?」

「祟りから逃れる方法はある」と、ここで道絡さんが口を開きます。

はっと顔を上げた女郎が、

「お坊様、あたし、どのような供養をしたらよろしいので？」

「拙僧がここへ参ったのは剃髪のため」

「テイハツ？」

「そう。棟梁から相談されてふたりで思案したことだが、八兵衛さんに成仏してもらうには、騙したあんたが、頭を丸めて、その切り髪と八兵衛さんが家財道具を売り払って貢いだ額くらいの金子を添えて、まるまる寺に納める——それぐらいのことをしないと、な、わかるじゃろ？」

そう言いながら、道絡さん、袂から剃刀を取り出します。その鈍く光る刃を目にした渦巻さん、素早く奪い取ると、そのまま自分の元結に当て、その先の髷《まげ》をスッパリ切り落とし、それを摑んで、道絡さんの前に差し出します。

「これで、回向を。あと紋日の金の残りを添えますので、八兵衛さんのご仏前にお供えください」

「いや、駄目だね」と横から棟梁が口を挟みます。「それっぱかしの切り髪じゃ、まだ償いには足らん。髪全部を切って、丸坊主の比丘尼《びくに》くらいにはなってもらわんと」

「ちっ、うるさい男だねっ」さすがに企みの女郎も残りの頭髪を逆立てて反発します。「髪は女の命とか。ましてや女郎にゃ商売道具だよっ、それを寄ってたかって比丘尼にしようなんて、いったい、どういう非道な了見なんだいっ！」

しらっとした顔で棟梁が答えます。

「そりゃ、あんた、偽りの餌でダボハゼ客を散々釣ってきたんだから、魚籠《びく》に――してやろうってことなんだよ」


――と、比丘尼と魚籠（獲った魚を入れる籠）を掛けた、所謂地口《いわゆるじぐち》オチというやつでございまして、今日《こんにち》では尼さんを比丘尼とは呼ばなくなっており、また、釣り遊びをするような子供さんも数少なくなっておりますから、魚籠という言葉にも馴染みがないという事情もあり、今となっては、ちと、わかりにくい部類のオチということになりますかな。

しかし、お客様方、まだお帰りになるのは早うございます。この噺には、実は、さらに、びっくり仰天するような続きがございましてな……。

さて、棟梁にたしなめられた渦巻さん、その場に胡坐《あぐら》をかいて、威勢のいい啖呵《たんか》を切り始めます。

「えい、畜生っ、坊主頭、結構じゃないか。――でもねえ、それをするなら、あたしを身請けしてからにしなっ。遊女の体は髪の先から足の先まで、まるまる見世の楼主に買われてるって――、証文にちゃあんと書いてあるんだよっ。さあ、あたしを坊主にしたけりゃ、あたしを身請けして、それから刈るなり、殺すなり、してみろってんだ！」

女郎の必死の抗弁は道絡さんには届いたようで、ご住職、棟梁のほうを見ながら、

「ふむ。遊里は元々、騙し、騙されの――嘘で固めた虚構の桃源郷。顧みれば、商人《あきんど》には、世辞愛想《せじあいそ》という嘘があり、仏教を修めた坊主の法話にさえ方便《ほうべん》という嘘がある。じゃから傾城の手練手管という嘘も――渦巻さんの偽りの言動にも情状を酌《く》んでやる余地ありじゃ。――なあ、棟梁、この髷と適当な額の金を納めるということで、丸坊主にするのは勘弁してやりませんか？」

「へい」素直に頭を下げる棟梁。「ご住職の裁定とあれば、あっしも従いやす。――いや、はなから、そこまでやるつもりは、ありやせんでした。不実な女郎にちょいとお灸《きゅう》をすえてやれ――ってぐらいのつもりだったんで……」

それから棟梁、不意に周囲をぐるりと見渡して声を張り、

「おーい、八兵衛、もういいから、出てこいや！」

これには、道絡さんも渦巻さんも驚きます。道絡さんが慌てて、

「棟梁、幽霊に呼び掛けても……ん？　いや、もしや――」

「へい、八兵衛は生きております」

「生きていると？」

棟梁は苦笑いしながら、

「ご住職まで騙した恰好《かっこう》になってしまったのは申し訳ありやせんでした。だが、事の真相は——八兵衛の奴、いったんは溺れかけたものの、死出の旅の途中で生き返って、真っ先に、あっしの家を訪れたってわけでして……」

それを聞いた渦巻さんが当然の疑問を口にします。

「どうして、途中で生き返ったってわかったのよ？」

「本人が、自分の口から、そう言ったからさ。——なんでも、十万億土の冥い道をとぼとぼ歩いてたら、お袋さんらしき声が呼んで、戻れと言われた、とか」

「あたしのところへ来た時も、そんなこと言ってた」

棟梁は頷きながら、

「それで、八兵衛の奴が、女郎の不実を泣きながら訴えて、必ず復讐をしてやると息巻きやがるんだ。それで、こっちも思案して、切った張ったの刃傷沙汰《にんじょうざた》は、さすがにできねえから、幽霊騒ぎの芝居を仕組んで、不実の女郎を震え上がらせてやろうってことになったわけで」

「それでは——」と道絡さん。「わしが枕経をあげ、戒名を書いた時には、八兵衛さん布団の中で生きていたというわけだね？」

「へい、ご住職まで謀《たばか》ったことについては、重ねてお詫び申し上げます。しかし、あっし共も、ご住職に謀《はかりごと》を知られて、止められたら面白くねえと、つい。——あの時は、急ぎ北枕の床を延べ、ハチの奴をそこへ押し込んで、顔に打ち覆《うおお》いの白布をかけて、息があることを悟られないように仕組んだまでで」

「ふむ。偽装だったのか。うっかり騙されたな。それで——？」

「戒名を書いていただいたあと、あっしとご住職とで品川の岡場所へ談判にという運びになって、ふたりが家を出た後、こっそり床を抜け出た八兵衛が、そのまま近道を通って黒沼楼へ先回り——」

話の後を引き取る渦巻さん。

「——それで、間抜けな女郎の前で、生き返って戻ったなどと一芝居。縁起でもないことを口にして怖がらせた挙句、『心持ちが悪い』からと床の中に潜り込む。そのあとを、棟梁とご住職が襲って、幽霊だぁ、祟りだぁと、また怖がらせ、いや、『八っつぁん、隣の部屋に』と床の布団を捲ってみれば、八兵衛さんは、すでにどっかに隠れん坊で、戒名のみ残して、床はもぬけの殻。またまた間抜けな女郎が『キャー、やつぱり幽霊！』と囀《さえず》り騒ぐと――はあ、結構な狂言だこと、芝居小屋にかければ大当たりだよ」

「八兵衛も、後日、興行主にこの筋書きを売り込んでみようかなんてことを言ってやがった。――おっと、その八兵衛だが……おーい、ハチ、うっかりのハチよぅ、出てこいよぉ！　もう、いいんだよぉ」

棟梁は、渋谷の忠犬を呼ぶように、「ハチ、ハチ」と、八兵衛さんの名を呼びながら、屛風の裏や押し入れの中、果ては、その上の天井裏にまで登って、探しますが、その姿いっこうに見つからず……。

道絡さんは、部屋の開け放たれた窓のほうに向かい、窓の向こうを覗き込みます。欄干の下は三階相当の垂直な壁が屹立し、その下がまた二階相当の石垣になっているという高さ。雨は上がっておりましたが、相変わらず風は強く、石垣には波しぶきが砕け散っております。欄干から梯子や紐の垂れている痕跡はないし、壁面のほうにも、これといった手がかりも足場もない。そうした手段を使わずに、欄干から飛び降りれば、石垣や磯岩に身体をぶつけて、ひとたまりもないことでございましょう。

いっぽう、渦巻さんのほうは、用心のために廊下に控えさせていた若い衆を問い質します。

「あんた、八兵衛さんがこの部屋に入ってからこっち、ここから外へ出て行った人の姿を見なかったかえ？」

「へえ……どなたも、こちらの廊下には……」

そんな風に三人それぞれの探索を終えて、戒名の残されていた部屋へ再び集まったところで、道絡さんが、おもむろに申します。

「……これは、密室状況の人間消失の謎だな」

「え？」棟梁と渦巻さんが声を揃えて訊《き》き返します。「ミッシツ？」

道絡さん、はっとして、

「あ、まだ、この時代には知られていなかったっけかな……わははは、百年ぐらい後に、偉い戯作者《げさくしや》が現れて世間に広めることになる……なんというか、絡繰《からく》りネタのようなもの——ま、いいじゃないか……八兵衛さんが、こんな高層の楼の一室から、煙のように消え失せた事不思議《ことふしぎ》ということを言いたかったわけで」

「事不思議と仰るが……」棟梁が口を出します。「天狗がさらっていったとしたら説明がつくんじゃありませんか？」

「天狗？」

「へい。うちの留公《とめこう》が、御殿山《ごてんやま》で見たって言ってました」

「あたしも」と今度は渦巻さんが口を出します。「天狗の仕業って気がするけど……でも、なんだって天狗が八っつぁんを？」

道絡さんが頷きながら、

「そう、何故なのか……事不思議には、常に理《ことわり》の説明が求められる。わしが忖度《そんたく》・斟酌《しんしゃく》するに、天狗が八兵衛さんをさらう理は見当たらないし、そもそも、天狗とは、山伏が転生した山の神のことをいう。その山岳不思議に属する天狗が、こんな海っぺりに現れることの理はない――と見るのだが、それが――」

「それが、なにか……？」と棟梁も渦巻さんも首を傾げたが、何を思ったか、道絡さんは、廊下に控えていた若い衆に二、三質問をすると部屋に戻り、「なるほどな」などと呟いております。

「ご住職、何かわかりましたか？」と棟梁が期待満面に尋ねます。

「ふむ、若い衆に下駄箱を調べてもらったところ、八兵衛さんの履物は残されていなかった。それに、階段・廊下もきれいになっている、と」

「するってえと？」

道絡さんは、その質問には答えず、逆に訊き返します。

「棟梁、あんたのところに八兵衛さんが現れたとき、足はついていましたかな？」

「は？」棟梁は首を傾げて、「――そりゃ、奴、半ちくな死装束を着て、尻むき出しで滑稽な姿だったもんだから……そっちに気を取られて……足先までは……覚えがねえなぁ」

道絡さんは、次に渦巻さんのほうを見て、

「あんたの時は？」

「え？　……あたしのほうも棟梁と同じで、八っつぁん、腰から下が褌《ふんどし》丸見えでしたから、そっちに目を奪われて、足先までは……ごらんの通り、ここらは薄暗いですし……ねえ」

「やはりな」と訳知り顔に頷く道絡さん。

「なにが、やっぱりなんざんす？」

「先ほど棟梁が、自宅の布団の中に入れた八兵衛さんの顔に打ち覆いの白布を被せて拙僧を謀ったと告白された。じゃが、いま振り返ってみると、枕経をあげる時、その白布を見ておったのだが、それは微動だにせんかったと記憶する。つまり――」

「息があったら、打ち覆いが動いたはずだと？」と棟梁。

「うむ。それに、この楼の下駄箱に八兵衛さんの履物はなく、さらに、ずぶ濡れだったというのに、この楼の階段・廊下に水のしたたった跡も足跡もない……」

「それじゃ」と渦巻さんが先を続けます。「八兵衛さん、自分では生き返ったと言っていたけど、棟梁のとこに現れた時も、あたしんとこに現れた時も、ずうっと、幽霊のまんまだったと？　だから、煙のように消えても不思議はないと——？」

道絡さんは重々しく結論付けます。

「拙僧の観察眼と忖度・斟酌によると……そういうことになるな」

「はあ」渦巻さんは少々白けた顔になって、「ご大層な斟酌なんかによらなくても、消えた絡繰りが人間業ではないとなれば、それは当然、幽霊に決まってるじゃありませんか」

道絡さん、俄《にわ》かに凹《へこ》み顔になって、

「むぐぅ、——この時代の常識では、まあ、そういうことになるがな……」

「この時代とか、あの時代とか、ご住職、言ってること、少しおかしいよ？」

——てな遣り取りを二人がしている間、窓の外を見ていた棟梁が叫びましてな。

「あれ、あすこに歩いてるのは、八兵衛の奴じゃねえか？」

あとの二人もそちらに目を向けると、確かに砂浜の上をとぼとぼと、こちらに歩いてくる半ちく死装束に尻むき出しの男の姿が——。

「あ、足はあるわね」と渦巻さん。

「それなら、やっぱり生きていたのか？」と棟梁。

「生きていたというなら――」道絡さんが思案気に、「生身でここから海へ飛び込んで脱出したということになるが……それだと、またぞろおかしいぞ。――あそこに見える足跡は砂浜の真ん中から始まっていて、波打ち際からの足跡がないのは……これは、《足跡のない不可能犯罪》と言うて……」

道絡さんの御託はまるまる無視して渦巻さんが言います。

「あの道筋だと、八っつぁんの奴、石段を登って……こっちへ来る気だよ。少し待ってれば、ご本人が現れるでしょう」

案の定、少しして、半ちく死装束の心中崩れが、三人の前に姿を現します。

疑問で頭グラグラの三人を代表して、道絡さんが勢い込んで詰問いたします。

「八兵衛さん、あんた、幽霊なのか？　生きているのか？」

「へい、生き返っております――今は」

「今は？　じゃ、棟梁や渦巻さんのところに現れた時は？」

「へい、自分でも言いやしたように、確かに十万億土の闇で呼び止められて、生き返った――と思っていたんですが……」

「やっぱり、死んでいたのか？　幽霊だったのか？　――だから、ここから消え失せたんだな？」

「それが、お恥ずかしい……この見っともねえ死装束と同じ生死の半ちくだったというわけで――」

「生死の半ちく？」

「へい。ここの寝床の中でそれに気づいたあっしは、ちょいと取りに行ってたんでさぁ」

「取りに――って、どこへ？　何を？」

「へい、あの時、生き返れるぞぉって喜び勇んだもんで、十万億土のほうに、う、うっかり、足を忘れてまいりました」

頭《こうべ》山《やま》花見天狗の理《ことわり》

落語魅捨理全集三

芝高輪《しばたかなわ》の文福寺《ぶんぷくじ》の住職を務めております無門道絡《むもんどうらく》というご仁《じん》、近頃、腹の具合が悪いとかで、藪野筍心《やぶのじゆんしん》という名の漢方医のところへまいりまして、診てもらうことと相成りました。

「ふーむ、食あたりということではなく、まあ、食いすぎによる胃腸の疲れ——というたところでしょうな」

「はは、面目ない。何かいいお薬でもありますかな」

「まずは信心」と藪野先生も笑いながら、「——というのは、冗談だが、六君子湯《りつくんしとう》と半夏瀉心湯《はんげしやしんとう》でも処方しておきましょう」

苗字にヤブの字、更にヤブにすらなれていないタケノコの字が下の名前にあるという、因果な名を持つ医者もあったもんで。しかし、その名前に反して、藪野先生、十回に一回ぐらいしか診立て間違えはないという、まあ、無知蒙昧《むちもうまい》の庶民にはそれなりに信頼されているお医者様でございました。

　診断を下された道絡さん、素直に禿頭を下げて、

「ありがとうございます」

「あと、お薬は、《処方せん受付》の看板のある薬局で受け取ってね。それから、『おクスリ手帖』も忘れずに」

「はい。お世話様でございました」

　と、辞去しようとする道絡さんを、藪野先生が引き止めます。

「あ、そうそう、ご住職に折り入っての相談事があったんだ。まあ、座ってくれませんか」

「はい、何事でございますかな」

「はあ、私には手に負えない……漢方薬では、最早、治癒《ちゆ》能《あた》わずという患者がおりましてな、これはもう、仏教の信仰の力にでも頼るしか方途はないかと愚考いたしました次第で――」

「そうですか。で、それは、どういう患者さんで？」

「雨森《あまもり》長屋の浪人、桜庭種衛門《さくらばたねえもん》というご仁をご存知か？」

「桜庭……その名前と少々の噂は――」

「噂、と言うと？」

「まあ、お取潰しになった某家の浪人で、貧乏が続いているせいか、ひどいケチなのだとか。聞いた話では、つまみ菜売りが呼ばれたので浪人の家に入っていくと、筵《むしろ》につまみ菜を広げろと言われ、それから値段交渉に移るのだが、浪人があまりに安値を提示するので、売り屋はつまみ菜を籠《かご》にしまい、怒って帰ってしまった。そのあと、浪人は筵にこびり付いていたつまみ菜を味噌汁の具の三日分にして食べたのだとか」

「そうそう。そういうご仁で、そのケチぶりでも病《やまい》の域なのだが、私のところにまいったのは、別の理由でな——ここの」と藪野先生は自分の頭を指さします。

「ほう、頭の……気の病かなにかで？」

「最初は気の停滞——所謂《いわゆる》、鬱《うつ》の気があるとかで来院したので、香蘇散《こうそさん》などを処方したのですが、それでも改善の兆しはなく、病気は悪くなるばかり。遂には幻覚・幻聴の類《たぐい》まで訴える始末。そこで、秘薬——桂枝《けいし》加竜骨牡蠣湯《かりゅうこつぼれいとう》を投与してみたのだが
……」

「あの……伝説の、竜の骨が成分だという——」

「よくご存知ですな。——しかし、その秘薬も効かなかった。それで、昨日訪れた際には、とうとう、自分の頭の心持ち悪さにもう耐えられないので、いっそ自害いたす

所存――などと訴えてきた」

「それは、まずいな」

「私もそう思い、その場は、なんとか、なだめすかして、適当な気散じ薬を渡して、《時の薬》に頼るほかないかと考え、とりあえずは、また明日来るようにと、いったんは帰したのだが――」

「で、きょうは――？」

「まだ来ない。もう診療終了の刻限も近いというのに」

「桜庭に家族は？」

「ありませぬ。細君とは早くに死に別れ、ここ十年ほどは独りだという」

「ますます、まずいの」

「そう。だから――」

「わかっております。これからふたりで、その浪人宅を訪ねてみましょう……」


桜庭種衛門の住処《すみか》は、アマモリ長屋の呼称通り、雨漏りが絶えないような、貧乏長屋でございました。その長屋の中ほどの一軒。木戸で閉め切られた入口で、ふたりが「桜庭殿」と呼ばわっても、返事はありません。入口のすぐ隣の腰高障子《こしだかしょうじ》も閉め切られたままで、そこへ声をかけても返事なし。再度、木戸を叩いて、「桜庭殿、おいでではないのか？」と声を張って呼び掛けますが、依然として、中からは、うんともすんとも聞こえてきません。

「中から戸締りがしてあるらしいな」と、道絡さんが言い、「これは……打ち破るしかありませんかな」と、藪野先生が応じます。

ふたりがかりで、力任せに押し引き叩き、ようやく、バリっという音と共に入口の戸が引き開けられ、カランという音を響かせて、戸締りのしんばり棒が土間に転がります。

中は、長屋でも最小の四畳半一間。入口横の土間には、水がめ、流し、竈《かまど》といったおなじみのものが並び、茶色く擦り切れた畳を敷いた座敷のほうには、壁沿いに、これまたありふれた家財道具が据えられております。――箪笥、蠅帳《はいちょう》、火鉢、鏡台、火の入っていない行燈《あんどん》、角の枕屏風《まくらびょうぶ》の向こうには、きちんと畳まれたせんべい布団といった、いずれもみすぼらしい最低限のものばかり。それでも、押し入れも裏口もない四畳半の、がらんとした座敷の真ん中に、一通の書状が落ちているのを道絡さんが見つけます。それを拾い上げて目を落とすと、はっとした表情になって、

「書置き――だと？」

藪野先生も横から覗いて、「やっぱりそうか……で、なんと書いてあります?」

「なになに……一筆書き残しまいらせ候《そうろう》……云々かんぬん……かねてよりの心の病、恢復《かいふく》の兆し更になく……ますます亢進《こうしん》するばかり……云々かんぬん……ことここに至り……本日限り自害いたし相果て申し候間《そうろうあいだ》……藪野筍心先生　御机下《おんきか》　桜庭種衛門」

「こいつぁ驚いたな」と嘆息する道絡さん。

「ご不審なことでも何か?」

「先生のお名前、ヤブとタケノコの字が入ってるんですね……」

「驚くの、そこじゃないでしょ!」

「あ、いや、えへん……この書置きの内容からすると、桜庭という浪人は、やはり自害したと思われるが――」ざっと周囲を見渡して、「ここで切腹した様子はないが……」

「切腹はしなかったと思いますぞ」

「なぜ?」

「切るのは痛いし、あとの療治が悪いと」

「なさけない侍だね、どうも」

「それにしても、桜庭殿はどこへ行ったのだろう？」

その疑問を探るかのように、道絡さんが狭い部屋の方々を検分して回ります。

水がめ、流し、竈に、最近使った様子なし。腰高障子も内側の桟のところに埃がたまっていて、開かれた形跡なし。いま破ったばかりの入口の戸——木の閂《かんぬき》が差されていたが、押し入った時の衝撃で折れている。その傍《そば》には、戸締りのしんばり棒が転がっております。

蝿帳という——これは、蝿除けに食品など入れておく戸棚のようなものでございますが、その中には、黄色く変色した飯がわずかに残った欠け茶碗があるのみ。簞笥の中も、古びた衣服や雑貨などが押し込んであるほか、変わったところはなし。火鉢、行燈を、きょう使ったという形跡もなし。細君の遺品と思われる鏡台の鏡を取り上げて見まするると、錫銅《すずどう》の表面は磨き不足で曇っているものの、まだ映像は結ぶ様子でございます。また、破れた枕屏風の向こうのせんべい布団には寝た形跡もなし——といった具合に、少なくとも、その日一日、人がそこで生活していた形跡が見当たりません。さらに——。

道絡さん、首を捻《ひね》りながら、

「自害したにしても、ここではなかったようだ。——しかるに、入口は内側から戸締りがしてあり、埃のたまった腰高障子にも開けた形跡はない。さらに言えば、ほかに窓もないし、押し入れもない。畳や天井や天窓も、埃の溜まりよう、蜘蛛の巣の張り具合から、それらが動かされた様子はない。壁に穴はなく、もちろん、裏口もなし。

――となると、浪人は、どうやって、ここから出て行ったのだろう……？」

そこで道絡さん、藪野先生のほうを向いて重々しく頷《うなず》きながら、

「――つまり、これは、密室状況の人間消失の怪異……ということになりますな」

「は？　ミッシツ？　なんですか、それ？」

道絡さん、俄《にわ》かに動揺した様子で、

「あはっ、……あー、百年ぐらいすると偉い戯作者《げさくしゃ》が現れて、そうしたことが、人々の関心事となる……まあ、怪異における絡繰《からく》りの種のようなものじゃな」

「はあ……百年って……どうして、そんな先のことをご存知で？」

「未来を映し出す古《いにしえ》の巫女《みこ》の銅鏡というものがあってな――ははは、まあ、いいじゃないの……こんなふうに、内側から戸締りがされた場所から人間が煙のように消える事不思議について、究理の徒として、その理《ことわり》を考えているわけでな……」

「しかし、それは神隠しとか――」

「はいはい、天狗にさらわれたから――とかって言いたいんでしょ？　じゃが、天狗

は山岳怪異だから、こんな町中の貧乏長屋なんかには出ませんって。ほかのなんたら妖怪の類の仕業だとしても、人一人を連れ去ったのなら、壁や天井に大穴が開くじゃろうがっ！」

「ご住職、なんかムキになってませんか？　苛々には黄連解毒湯《おうれんげどくとう》がよう効くが――」

「腹の薬だけで結構」道絡さん、そう言うと、気を鎮めるかのように、もう一度、室内をゆるりと見回します。すると――。

「おや、これは、なんだろう？」

座敷の隅から道絡さんが拾い上げたのは、細長い布切れでございました。長さは両掌《りょうてのひら》に収まる一尺足らずで、側面に縫い目がある筒状のもの。道絡さんが、それをひょいと裏返すと、布表《ぬのおもて》の桜花を散らした模様が現れます。

「これは――煙管筒《きせるづつ》……かな？」

藪野先生が傍から覗き込みながら、

「はいはい。その桜の模様には見覚えがある。桜庭殿が、その煙管筒から、煙管を取り出して一服するのを見たことがあります」

「ふむ。中身のない煙管筒だけが、裏返しになって落ちていた……」と道絡さんが思案気に呟きながら藪野先生のほうを見て、「先生、あなたの患者の訴えの仔細……幻聴、幻覚などについて、お話しいただけますかな？」と――。

時処《ときところ》は変わりまして、その日の朝方、高輪の大工の棟梁大五郎《とうりょうだいごろう》宅へ、むかし彼に世話になった、うっかり八兵衛というご仁が、訪れておりました。

「おう、八兵衛、うっかりの――。相変わらず、うっかりしてんのか？」

「へい。しておりやす」

「おめえ、水戸のご老公のお供を続けているというが、またぞろ、うっかりでしくじりをしたんじゃねえのか？」

「当たりぃ。先日も、中山道《なかせんどう》の宿で、お色気要員のかげろうお銀がお風呂に入るところで、うっかり順番を間違えて、あっしが先に入っちまって……」

「……それは、嫌なうっかりだね」

「えへへ……特に爺《じじい》の観客から不評でして、瓦版《かわらばん》にも苦情の投書が殺到炎上したという……そんなわけで、今月は、もうお供はいいからと……」

「しょうがねえ奴だなぁ。――んじゃ、ひとつ、気分直しの景気づけに、俺と花見遊《ゆ》山《さん》と洒落《しゃれ》込まねえかい？」

「おお、いいですねえ。御殿山ですかい？」

「いや、その隣の頭山《こうべやま》。近頃は、あすこの頂に立ってる一本桜が豪勢な枝垂桜《しだれざくら》だてんで、花見の新名所になってるって、もっぱらの評判でな」

「頭山かぁ……あすこには、天狗が出るって聞いてるからなぁ……」

「なに意気地のねえことを言ってんだ。山の花見は昼間にやるもの。お天道様《てんとう》の高いうちに、天狗なんぞが出るもんけぇ」

「ああ、それもそうですねえ。じゃ、酒を買いに——」

「おっと、早まるな。その前に、相談事があるんだ」

「なんです？」

「花見の趣向よ」

「シュコウ？」

「そうよ、きょうび、江戸の花見と言やあ、ただ呑むだけじゃ笑われる。粋なご趣向を考えねえと」

「そういや、近頃の花見にゃ、歌舞音曲《かぶおんぎよく》に花魁《おいらん》道中、お囃子連はチャッチャッチキチと馬鹿囃子、果ては奇態なかんかんのう踊りまでと……まわりに拍手喝采されるようなのが、流行《はや》ってますからねぇ」

「そうよ。それで俺も一晩考えて、粋な趣向を思いついた」と、暇な棟梁もあったもんで。「――花見の仇討《あだう》ちってえのは、どうだい？」

「へ？　仇討ち？　あっしは痛いのはどーも……」

「バカヤロ。ほんとの刃傷《にんじょう》をして、どうするんだよっ。これは、芝居、狂言の類――俺とお前で仇討ちのふりをするだけの遊びなの。花見の席で、『ここで遭《お》うたが百年目』と仇討ちがおっぱじまればよ、花見客は、『なんだ、なんだ』と周りに鈴なりにならぁな。そこでチャンチャンバラバラと剣戟《けんげき》が始まり……あわやってところで、仕込んでおいた俺らの仲間――厨子《ずし》を背負った六十六部《ろくじゅうろくぶ》巡礼姿の留公《とめこう》が止めに入り『あいや、そこまで』と相成る。そこから先は歌舞音曲で、留公が厨子から鈴・笛・鉦《かね》・太鼓を取り出して、ピーヒャラドンドンにシャンシャンシャンの景気づけとくる。でもって、大喜びの聴衆の拍手喝采鳴りやまず、とくるわけだ……な、粋な趣向だろう？」

「いいわ〜。留公がとめに入る――いい駄洒落ですね」

「感心するの、そこじゃねえだろっ」

「へいっ。つい、うっかり。――で、その狂言、どういう段取りですればいいんで？」

「まず、仇役《かたきやく》の浪人者は俺がやる。黒羽二重《くろはぶたえ》、深編笠《ふかあみがさ》、素足に雪駄《せったば》履き、朱鞘《しゅざや》の大小を差して、頭山の枝垂桜の根へ腰かけて煙草を吸っている。そこへ巡礼姿のお前が、煙草の火を借りに来るというのが、きっかけよ」

「巡礼姿のあっしが……どう言えばいいんで？」

「科白《せりふ》も万端、寝ないで練ってある。——巡礼が『卒爾《そつじ》ながら、火をひとつ、お貸しくだされ』と言い——」

「へ？　ソツジ？　なんです？」

「嫌だね、教養のない人間は。卒爾ながらってのは、『いきなりで、失礼ですが』ってことっ。巡礼の姿をしていても、元は侍の倅《せがれ》っていう設定だから、言葉遣いも侍なのっ」

「へいっ」

「——それで、浪人が『ささ、お点けなされ』と、互いの顔を見合わせたところで、巡礼がびっくり仰天、ぱっと飛び退いて、いよいよ仇討ち役の決め科白が——」

「いよっ、うっかり屋！」

「頓痴気《とんちき》な掛け声だね、どうも。……ともかく、そこで巡礼が、まなじりを決して、『やあ、珍しや、汝《なんじ》は、なんのなにがし。今を去ること七年前、国元において、わが父を討って立ち退きし大悪人、ここで遭うたは、盲亀《もうき》の浮木《ふぼく》優曇華《うどんげ》の、花待ちえたる、きょうの対面、親の仇ぃ〜、いざ尋常に勝負、勝負ぅ〜』と、仕込み杖をすらりと抜いて——」

顔を歪めて見得《みえ》を切る棟梁を、ぽかんと口を開けて見ている八兵衛さん。

「ちょっと、棟梁、モーキのフボクって何のことっスか？」

「まったく、お前、芝居とか観てないだろ。——盲亀ってのは、目のご不自由な亀のこと。浮木は、水面に浮いてる流木の類——」

「へいっ」

「水底《みなぞこ》の目のご不自由な亀が、こう、ぷぁーと浮き上がってきたら、たまたま流れてきた水面の流木に、こつんとぶつかって——」

「痛てえじゃやねえか——って、えらく怒った？」

「ああん？　そうじゃなくて、普通じゃ、あり得ないような稀なこと——偶然の出来事を譬《たと》えて『盲亀の浮木』って言うんだよっ」

「なるほど、落語もたまには勉強になりますね」

「お、おうよ」

「——じゃ、酒を買いに」

「酒、酒と意地きたねぇ野郎だな。その前に、科白のおさらいと、ヤットウの立ち回りの稽古をしとかなけりゃ、せっかくの趣向が、とんだ茶番になっちまうから。昼までは、稽古、稽古」

「へいっ」

――てんで、棟梁と八兵衛さん、それに少し遅れて現れた仲裁役の留さんも加わった三人で、午前中をかけて、「ソ、ソウジながら〜」「親の仇ぃー」「あいや、待たれぃ」と奇声を上げて、刀代わりに箒《ほうき》とハタキを切り結んでチャンチャンバラバラと大掃除……いや、剣戟の稽古に励みました。――ヒマの国からヒマを広めに来たような人たちでございますな。

稽古を終えて、それぞれの役の扮装や酒肴《しゅこう》の準備も整い、いよいよ出発の段となります。先頭を切ったのは浪人役の棟梁。この方は首謀者でございますから、他とは意気込みが違います。自分の言葉通り、黒羽二重に浪人風の鬘《かつら》まで着けて、早くも、それらしい不敵な笑みを浮かべて、山道をずんずんと登ってまいります。

次鋒が仇討ち巡礼役の八兵衛さん。こちらは、自分の役を無事こなせるのか、心配で心配で、歩きながら、ブツブツ科白のおさらいをいたしております。

三番手の留さんは、この趣向に一番気乗り薄でして、その上、鉦・太鼓や酒肴の入った重い厨子を背負わねばならず、さて、どこでひと休みしようかと、そればかりを思案しておりました。

処変わって、頭山の頂。草っ原が広がるど真ん中に、当山の一点豪華主義——名物《大滝の枝垂桜》の大樹が、ここにめでたく満開を迎え、その名のよって来たる大滝のように、咲きこぼれておりました。

その大樹の下では、花見客たちのほうも、宴たけなわでございます。あちこちに敷かれた筵の上で、老若男女が飲酒飲食、また歌舞音曲を——その合間に、春の微風に揺られた枝から花弁がちらほらと舞おうものなら、どっとどよめきが起こるという——まことに、麗し日本の風景。

そこへやってまいりましたのが、棟梁扮する偽浪人。

「おう、花は桜——とは、よう言ったもんだ。どうだい、歌舞伎みてぇな、豪勢な舞台が整ってるじゃねえか。あらあら、花見客も、あんなに浮かれ騒いでらぁ——でもね、昼間っからヒマな庶民の皆さん、お楽しみは、これからですよ……」

てなことを言いながら、あたりを見回し、大樹の下の一番目立つ根っこの上に腰を下ろした偽りの浪人、腰の煙管を取り出しますと、おもむろに、ぷかーりとやり始めます。

いっぽう、八兵衛さんのほうは、相変わらず科白のおさらいをしながら、今度は、ヤットウの練習を始めております。――ところが、歩きながら、いい加減に振り回した仕込み杖が勢い余って、先を行くお侍の後頭部をポカリとやってしまい――。

やられたお侍のほうは、素早く振り向いて、刀の柄《つか》に手を置き、きっと身構えます。

「なにをする、無礼者！」

「あ、御免なさい。間違って――」

「ええい、言うな、後ろから襲うとは卑怯至極《ひきょうしごく》なり。許せん。巡礼といえども、手討ちにいたすぞっ」

「いやいや、えーと、ヤットウの練習で、あの、仇討ちの稽古をおさらいしてましたもので……」

「なに、仇討ちの稽古？」

お侍の気合が少し緩みます。

「なるほど……拙者の紙背《しはい》にも徹する眼光をもって見たところ……お持ちのものは、ただの金剛杖ではなく、その正体は仕込み杖の類」

「へい、わけあって――」

「ふむ。おぬし……巡礼姿に身をやつしてはいるが……もしや、仇討ちの大望を抱いた武士の出自なのでは？」

「へへー、大した眼力、恐れいりやす……えー、あっし……いや、拙者、親の仇を討ち果たさんと苦難の旅を七年続けておりましてござんす」

「おお、そうでしたか……」お侍は刀の柄から手を放し、頭を下げながら、「それは知らぬこととは言いながら、失礼つかまつった」

「こちらも、つかまつって、ござる……」

「拙者、剣ケ峰《けんがみね》豪乃介《ごうのすけ》と申す者、幼少より剣術の道を究めんと一念発起、以来修行の旅を続ける若輩者でござる」

「はあ、剣豪《けんごう》乃介さん、わかりやすい名前だね、どうも」

「卒爾ながら、貴殿のお名前は？」

「おっ、ソツジ、来ましたね……えー、拙者の名前は……うっかり――」

「は？　うっかり？」

「あ、いや、う、鵜狩《うかり》八兵衛と申す者」

「鵜狩殿、卒爾ながら、一言よろしいか？」

「あ、また来たね、ソツジ……えー、どうぞ、でござる」

「貴殿、人を斬ったことは？」

「へ、人を斬った……そんな、滅相もない。切ったことは、大根ぐれえしか……」

「やはり……」

「なんです？」

「いや、重ね重ねの失礼を顧みずに、ご無礼な忠言を申し上げれば——」

「へえ」

「貴殿のその構え……その素人同然のへっぴり腰では、とても仇討ちの大望など遂げられませんぞ」

「そうですかぁ？　長いこと稽古してたんですがね」

「七年の長きにわたって修行されたにしては——」

「いえ、稽古は、けさからずっとなんですが」

「む？　けさから——？」

と、頓珍漢《とんちんかん》な問答が面倒になってきた八兵衛さん、話を切り上げにかかります。

「ご忠告ありがとうござんす。しかしながら、これから、仇が潜伏していると聞く山頂へと急がねばなりませぬので」

「おお、そうでしたか。——しかし、なんか、心配だなぁ……その腕前では、人斬りとの果し合い、一分の勝ち目もありませんぞ」と、剣豪乃介が、まだ、うだうだと申します。

「へいへい、一分の勝ち目でも、こっちは十分なんで」

「そうですか……しかし、ま、この先、貴殿の仇討ちに運よく行き会いましたらば、武士は相見互い、拙者、必ず助太刀いたします所存で……」と、さらに云々かんぬん……うだうだと――。

「へへ～い、ありがとうござんす。――じゃ、さいならぁー」

おせっかいな剣豪から逃げるようにして去っていく八兵衛さんでありました。

その頃、三番手を行く留さんは――。

「ああ、もう駄目。汗だくだくで、足はがちがち……限界ですよ。ん？　――あれ、涼しそうな木陰があるぞ。どれ、あすこで、ひと休みとしますか……」

早くも体力・気力限界突破の留さん、道半ばで厨子を下し、その場に座り込んでしまいます。

「あー、もう咽喉《のど》もカラカラだよ。なんでこの山、桜の名所の癖して、途中に茶屋の一軒もねえんだよ……あー、何か飲みてえ……ん？　あ、そうだ、この重てえ厨子ん中には――」

などと言いながら、厨子を開けて、中から酒徳利《とつくり》を取り出すと、ごくごく飲み出してしまいます。

「あぁ、うめえ……もう一口……ほんとに、棟梁の酔狂に付き合うのも大変ですよ。朝早くから呼びつけられて、あんな、うっかりハチなんかのチンタラ稽古にまで付き合わされてさ……畜生、もう一口……こちとら、次の日にことがあると、ガキみてえに眠れねえたちだから、朝早いのは嫌なんだって言ってたのに……えぇい、面白くねえ……もう一口だけ……」

――と、もう一口が重なり十口ぐらい飲んだところで、疲労・空腹・飲酒・寝不足の波状攻撃に、留さんの瞼《まぶた》は自然と下がってまいります……。

そんな経緯で留さんが眠りこけてしまった頃、ようやく、八兵衛さんが山頂へ到着ということに相成ります。

その偽りの巡礼者の姿を目にした浪人役の棟梁が、

「――あれ、あすこに見えるのは、ハチの奴だな。やっとご到着か。やけに慌てた様子で、なにやってんだか……あれあれ、どんどんこっちに近づいてきやがる。……あぁ、早過ぎるって……まだ、留公が来てねえんだよ。そういや、留の野郎も、どこでなにやってんだか……ああれれ、ハチの奴、こっちへ来て、そのまま芝居をおっぱじめるつもりか？　駄目ですよ、まだ、段取りてえものがあるんだから……駄目だよ、これっ、うっかり八兵衛……まだ仲裁役が、来てねえんだから……」

しかし、時すでに遅し……偽りの浪人の目の前に現れた偽りの巡礼が、汗だくの間抜けた顔を突き出して、うろ覚えの科白を申し述べます。

「……えーっと、そ、掃除ないいいから——」

「あ？」偽りの浪人、いきなり狼狽《うろた》えながら、小声で囁《ささや》きます。「——それを言うなら、卒爾ながら、だろうがっ」

「あ、そうでした。つい、うっかり……え、えへん、卒爾ながら、ちと煙草の火を拝借」と、煙管をこちらに突き出します。仕方なしに、「お安い御用」と応じる偽りの浪人。

その時、両者の目が、ピシッと合いまして——。

偽りの巡礼が、歌舞伎役者のように、まなじりを決して、

「やあ、珍しや、汝こそは、なんのなにがし——」

「なんのなにがし——のところに、適当な名前を入れろよっ」

「な、汝こそは、南野《なんの》何某《なにがし》乃《の》介《すけ》」

「テキトー過ぎだってのっ」

しかし、尻に火が付いたうっかり者は、最早、うろ覚えの科白の連打を止めることなどできません。

「えー、父を討って逃げやがった大悪人め、と……ここで、遭うたは、えーと、蒙古《もうこ》の下僕《げぼく》うどん食って腹痛め耐える……」

「もう、絶望的に滅茶苦茶だな——盲亀《もうき》の浮木《ふぼくう》優曇華《どんげ》の、花待ちえたる、きょうの対面——だろがっ」と、相手の言うことをいちいち教えてやる、親切な仇があったもんで。

「あ、それそれ……以下省略で、親の仇ぃ〜、いざ尋常に、勝負、勝負ぅ〜」

と、仕込み杖をうっかり抜いてしまう偽りの巡礼。もう、その頃には、奇声を発する巡礼のド派手な言動に、「なんだなんだ」と、周囲には黒山の人だかりができております。ここまで来ると、もう後には引けません。溜息をつきながら、のそりと立ち上がり、偽りの浪人も、竹光《たけみつ》を抜く羽目となります。

遂に始まる剣戟が……チャンチャンバラバラ、チャンバラリ……二人の周囲には花見の席の俄か仇討ちを見せられた大観衆が、やんややんやの大歓声。

十回ほど互いに刃《やいば》を切り結んだところで、息の上がった偽りの巡礼が小声で、

「と、棟梁……いつまで、続けるんで？」

「バカヤロ、まだ仲裁役の留公が来てねえんだよっ」

「だって、棟梁、もう疲れちゃって、おいら、もうこれ以上は──」

と、音をあげたところで、辺りを驚かせる凜《りん》とした声が響き──。

「鵜狩殿、その仇討ち、助太刀いたしますぞっ！」

振り向けば、本物の刀を抜いて上段に構える本物の剣豪──剣ヶ峰豪乃介の仁王立ち。

「ああ、まずい人が来ちまった……ああぅ、剣豪乃介殿、助太刀はご無用で──」

「いや、貴殿だけでは、人斬り兇状相手のこの勝負、一分《いちぶ》の勝ち目もござらん。しかし、拙者の助太刀が加われば、少なくとも勝機は五分《ごぶ》に──」

それを聞いた偽りの浪人が慌てふためいて、

「いえいえ、お武家様、わたくし共のこの勝負、五分ではなくて、ア、ア、アソブ──でございます……」

──と、地口《じぐち》のサゲのお粗末で、この噺《はなし》、終わりとなるところでございますが、実はこのあとに、びっくり仰天、驚天動地の展開が待ち受けておりまして──。

棟梁の地口交じりの告白にも聞く耳持たぬ剣豪乃介が、「問答無用」とばかりに名刀《関《せき》の宿六《やどろく》》をえいやっと振り下ろしたその瞬間――。

突然、ゴゴゴゴゴ――という激しい地鳴りが辺りを揺るがし、仇討ち芝居の関係者のみならず、それを取り巻く観衆の大方も、「ああ、地震だぁ」と、その場に腰を抜かしてしまいます。しかし、地鳴りは治まらず、ふと目を上げれば、眼前の枝垂桜の大樹が、ミシリミシリという嫌な音を響かせながら、次第にせり上がってくるではありませんか。

いよいよ高まる大音響とともに、大樹はせりあがり続け、八方に伸びた根も、ついには、地面を掻き分けながら、その実態を露わにし始めます。――まるで上方歌舞伎のケレンでも見せられているような唖然・呆然の風景でございまして。

そうして、そのまま、あれよあれよ……桜の大樹はズボッと地面から飛び出すと、するすると天に打ちあがり、遥か上空で桜の花がすべて、ぱぁーんと弾けて、枝幹はどこかへ消え失せ、あとは降りくる花弁が雨あられ――。

それを見上げたうっかり八兵衛さんが「よっ、タマヤー」と歓声を上げ、つられて棟梁も「カァーギヤー」と応ずる、花見のはずが、とんだ花火大会になっちまったという塩梅《あんばい》で。

少しして我に返った八兵衛さんが、

「うはっ、こりゃ、花火なんかじゃねえ。天狗の仕業だよっ」

腰が抜けたままの棟梁が、「いったい、なんだって天狗がこんなことするんだよ。こりゃあ――」と言いかけるのを八兵衛さんが遮って、「里の爺さんが言ってた……天狗の《大樹抜き》といって……山の自然の中で浮かれ騒いでゴミ芥《あくた》を撒き散らす人間どもを懲らしめようってんですよぉ」

「それが天狗の理か？」と応じますのは剣豪乃介。「環境に優しい山の神ということなのか？」豪胆なお侍にしても、仇討ち騒ぎのことなどすっかり忘れて、呆気にとられております。「――にしては、大樹を引っこ抜くという環境破壊の天狗の暴挙が解《げ》せんが……？」

枝垂桜の大樹が宙にすっ飛んで消えた後の頭山の頂は、すべての音まで消え去ったかのように静まり返っておりました。転倒したり腰を抜かしたりしていた大方の人たちも、三三五五立ち上がり、大樹が抜け去った跡へと、恐る恐る歩み寄って参ります。

そこには、ぽっかりと大きな穴が開いておりました。穴の大きさは、根のあたりの土もごっそり削られておりますから、おおよそ田畑《でんぱた》にして一畝《せ》くらい。お代官様のお館一軒建つ分ぐらいの地べたがなくなっております。

その穴を覗き込みますれば、地下水でも染み出てきたのか、濁った茶色の水がたまっていて、まるで、古池か沼のようになっており、その水面には、空から舞い降りてくる桜の花びらが、なにか場違いな風に浮遊しておりました。

「お、あれは、なんじゃ？」

最初にそれを見つけたのは、剣豪乃介でありました。穴池の中央に、人の背中らしきものが見えます。みすぼらしいツギの当たった着物姿に、伸び放題の月代《さかやき》が浪人者を思わせる、水面にうつ伏せの状態で浮いた、いかにもという水死体。

「誰だ、あれは？　花見客の誰かが誤って、この水たまりに落ちたのか？」

――という剣豪乃介の問いにも、集まった花見客の中から、死体の人定を申し出る者はありませんでした。

――では、この降って湧いたような死体は誰なのか……。

いっぽう、雨森長屋の桜庭宅では、道絡さんの要望に応じて、藪野先生の話が始まっておりました。

途方に暮れた漢方医が、語り始めます。

「一年ほど前に、桜庭殿が療治院を訪れた最初の頃の訴えは――内職仕事をする気にならない、仕官の目途が立たず不安に駆られる。家族もなく、長屋の付き合いもなく、孤立感がある——というようなものでした。元々が武士ですから、矜持《きょうじ》が邪魔をして、細君に先立たれた孤独感のようなことは、なかなか自分からは口にしませんでしたがな……ともかく、長年にわたる生活の不安と孤独感で、心身の《気》が停滞し、いわゆる気虚《ききょ》の状態に陥っていることは明らかでした」

「なるほど、気の均衡が崩れて、気鬱に陥っていた、と」。道絡さんが応じます。

「ええ。気鬱に効果がある適当な漢方薬を処方して、しばらく様子を見ることにしたのですが、気虚の症状は進み、一日中無表情で、何をするのも大儀——というような悪い方向へ向かっていきました。そして、ある日、妙なことを言い出したのです」

「ふむ？　どういうことを？」

「桜庭殿がこう言いました。

『先日、死んだとばかり思っていた、むかしの知人がひょっこり現れまして——』

『それは、よろしかったな』

『その知人が、珍しくもサクランボをおすそ分けしてくれましてね』

『サクランボを？　出回るにはちと早いようだが？』

『なんでも、氷献上をするような庄屋の氷室《ひむろ》の奥から氷漬けのまま出てきたものが、たまたま手に入ったとかで……一年も前のサクランボだということでした』

『ほう、それはまた、稀にして貴重なものを。百両出してでも欲しいという美食家もおるだろう』

『はい、貰った当初は、売り払うことも考えたのですが……心の中のどこかで、これは自分が食べたほうがいいという声がしたもので――』

『心の声？』

『はい。なんだか抗いがたい、デモ、なんだか優しい女のような声が囁いて……その声に従って、それはもう金《きん》を惜しむかのように、いただきましたよ。最後の一個を口に含んで、果肉を食べつくし、種だけになると、しばらく、それをしゃぶっていたのですが、ハッと、その価値の高さに気づきまして……ナンダカ、吐き出すのが実に惜しくなって……』

『どうされた？』

『そのまま……飲み込んでしまいました』

『ああ、それはあんまり……盲腸とかによくないと聞きますぞ』

『はあ、そうですね。拙者、根っからのケチなもので』

――と、その日はそれで帰ったのですが、それから十日ほどして、今度はこんなことを言うのです。

『先生、昨夜、頭がムズムズするので、触ってみると、何か……腫物ができているようなので、起き上がって、鏡台の鏡を取り上げて見ますると、驚いたことに、頭の頂に芽が出ているんですよ……』

『え？』と、私も驚いて桜庭殿の頭を仔細に診ましたが、芽どころか、腫物の類もない。

　それを告げると、

『ええ？　そうですか……オカシイなぁ……昨夜、鏡に映して見たときには、確かに芽吹いていたんだが……』と訝し気に言いました」

「その鏡というのが――」道絡さんが訊ねます。「ここにある細君の遺した鏡台の鏡というわけですな？」

「そうでしょう。――で、これはひょっとすると、柔狂あるいは剛狂の証《しよう》が出ているのではと思い、その日は、念のために、幻覚や幻聴……柔狂剛狂等にも効く薬を処方して、それで帰したんですが、それから、また七日ほどを経て来院した折には、こんなことを訴えてきました。

『――先生、この間、頭から芽が出たと言ったでしょう？』

『…………』私は黙ったまま先を促しました。

『アレがその後、どんどん成長しましてね。芽が若木となり、若木が太くなり、枝に若葉が付き、ついには花の蕾《つぼみ》まで現れ、先日、とうとう、桜が満開となったのです……』

『桜が満開に……はは……診たところ、貴殿の頭には……なにもないようだが……』

『……そうですか？　ヘンだなぁ……鏡には確かに桜が映ってたんだが……』

「最早、妄想・妄念の境地――ですな？」と道絡さんが口を挟みます。

「はい。私もそう見ました。実際、患者の頭には何も生えていないのですからね。これはもう気鬱の域を超えている……とうとう本格的な狂か、あるいは狐憑《つ》きの類に陥ったのかと……。

　それで私が狂の薬の処方をあれこれ考えていると、手持無沙汰だったのか、桜庭殿が喫煙具を取り出して、『一服よろしいか？』と訊きます。ご存知のように喫煙は気鬱に効果があるので、『どうぞ』と答えたのですが、その時、私の目を惹くものがありました。

『それは……随分と美しいものですな』私が目にとめたのは、細長い筒状の袋で、表面には桜の花の模様が散っておりました。

『あ、これ？　これはね、中にコイツが――』と桜庭殿が筒袋から煙管を取り出します。『煙管筒ですよ。武士には似合わぬ女々しい模様で、お恥ずかしいのですが、死んだ細君が、自分の娘時代の振袖を壊して作ってくれたものでね。ホラ――』と、その煙管筒をするすると半分ほど裏返して、側面の手縫いの縫い目などを、こちらに見せてくれるのでした。

『思い出の品ということですな。それなら、恥ずかしいものではない。大切になされるといい』

しかし、桜庭殿は、私の言葉など耳に入らぬ様子で、どうしたことか、その裏返したままの煙管筒を見つめておりました……」

「それが――この煙管筒ですな」道絡さんが、さっき拾ったばかりの裏返しの煙管筒を掲げて見せます。

「確かに、それでした」

「それから、どうなさいました？」

「それから、狂に効く三黄瀉心湯《さんおうしやしんとう》や黄連解毒湯を処方して、その日は、帰したのです」

「それで昨日また桜庭殿が来て――？」

「はい。来院した桜庭殿がこんなことを訴えました――。

『先生、うるさくて、眠れないんです……』

『ご近所の騒音でも？』

『いえ、頭が』

『頭？』

『夜中、頭の上の騒音で目が覚めました。それで床から出て、鏡台まで這って行って鏡を見ると、頭の頂の満開の桜を囲んで、有象無象《うぞうむぞう》が集まって、飲めや歌えの大宴会……ウルサくて、煩わしくて、もうガマンできないくらい……しばらくして、これはもう限界だと、引っこ抜くことに――』

『引っこ抜く？』

『そう。桜の樹を頭から引っこ抜くことにしたんですよ！』

『それは……』

『忌々しい桜の樹さえ引っこ抜いちまえば、騒々しい酔っ払いどもに煩わされることもないと……そうしたらね、先生――』

『はい……』

『引っこ抜いた跡を鏡に映して見たら、そこにポッカリ穴が開いていて、濁った水が溜まっているじゃありませんか。まるで……古池みたいに。へへへ……』

あまりの話に返答できずにいると、突然、笑いを止めた桜庭殿が、今度はひどく悲しそうな顔になって、

『……それで、頭の上が静かになって……これはイイかなと思っていたんですが……しばらくすると、ナンだか、すごく寂しくなってきて……俺は独りぼっちなんだナって……』桜庭殿は両手に顔を埋めて、『……寂しくて、苦しくて、俺みたいなのは……こうなったら、いっそ死んでしまったほうがいいかと――』

『何を言う……それはいかんよ、そんなことで腹切りなんて……』

顔を上げた桜庭殿の顔は虚ろで、哀しみの表情もありませんでした。

『いえ、切腹はしません。痛いのは嫌だし、切ったらあとの療治がタイヘンだから……でも、大丈夫、ほかにいい自害の方法は考えてありますから――』

またもや返す言葉を失っていると、桜庭殿は自分の頭を指さして、

『――入水《じゅすい》自殺。ここにできた古池に、蛙《かわず》のように飛び込むんですよっ！』

『ははは、可笑《おか》しなことを。芭蕉翁《ばしょうおう》の句に引っ掛けた戯言《ざれごと》を言えるくらいなら、あんた、まだ大丈夫だ……とりあえず黄連解毒湯と眠れる薬を処方しておきますからね……それを呑んで、まずは、家に帰って、ゆっくり休むといい。《時の薬》と言う

て、時の経過が症状を改善することもある。だから、一晩じっくり眠って、またあした、必ず来院されるように──』

──と、執り成すように言って、昨日は桜庭殿を送り出した……というわけです」

話を聞き終えた道絡さん、俯《うつむ》いたまま藪睨《やぶにら》みの目を細めて、うぅんと考え込んでおります。それを見た藪野先生が、気遣わし気に、

「ともかく、桜庭殿は狂か狐憑きの域……最早、私の手には負えませぬ。ご住職のような徳を積んだお坊様か神職にでもおすがりして……」

「今更……無駄かもしれん」と、呟く道絡さん。

「──では、やはり、桜庭殿は自害されたと？　──にしても、ここには、ご遺骸がないではありませんか。では、出て行ったのか？　しかし、いったい、あの狂を患いし者が、どうやって、この閉じられた家から出て行けたものか？」

道絡さん、カッと目を見開いて、

「方法は、わかるっ……そして、桜庭殿は、狂っていなかったということも」

狼狽《ろうばい》した藪野先生が、

「狂っていないって……あんな途方もない話をした者が？」

「そう。先生が今、ご自分で言われたばかりじゃありませんか――『芭蕉翁の句に引っ掛けた戯言を言えるくらいなら、あんた、まだ大丈夫だ』って」

「――それは、そうでありまするが……」

「それゆえ、拙僧は桜庭の言葉を、どんなに途方がなかろうとも信じたい。――頭に桜の樹が生えたというのも、その下で酔客が騒いだというのも、それを引っこ抜いたら穴が開き、そこに古池ができたというのも……桜庭には、確かに、それが見えていたのに違いない」

「何を言われる、ご住職っ。あなたまで、狂に陥られたのか？」

僧侶は黙ったまま頭《かぶり》を振ります。

「――な、ならば問いたい、桜庭が、その頭の古池に飛び込んで自害したということも？」

「はい。その事不思議、只今、解け申した……」

「戯言を……何を証《あかし》に？」

「これですじゃ……」と道絡さんが、差し出したものは、あの裏返しになった煙管筒でございました。

「そ、それが？」

「そう。これを見ているうちに、理ではなく、腑に落ちた。桜庭殿も、この細君の縫った煙管筒に導かれて、頭の古池に身を投げる妙案を思いつかれたのじゃ……」

「はて、面妖《めんよう》な……」

「まだ、わかりませぬか？」道絡さんは藪野先生の目の前で、煙管筒をひらひらとこれ見よがしに振りながら、「桜庭殿は、この裏返しの煙管筒のように、自らの足のつま先から、こうーっと、自分の身を裏返して、その先端を頭の上にまで持っていき、そのまま足先から、どぶーんと頭山《あたまやま》の古池に――細君の待つ冥府《めいふ》の泉へ――飛び込んだのじゃ！」

蕎《そ》麦《ば》清《せい》の怪

落語魅捨理全集四

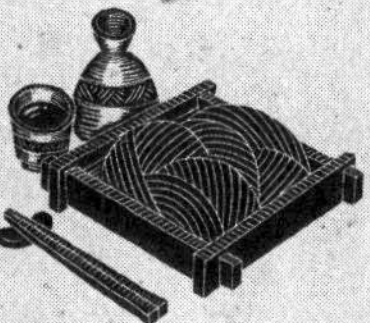

えー、道楽てえものにも、いろいろございますが、どなたもご存知のものに、食道楽というのがございます。その食道楽もまた、いろいろでございまして、贅沢な美食を極めようとする者もいれば、いや、食い物は質より量とばかりに、大食い自慢に走る者もいる――というような塩梅でして。

霞町《かすみちょう》に清兵衛《せいべえ》さんというご仁《じん》がありまして、この方、蕎麦ならいくらでも食べられるという、大食自慢の食道楽で知られておりました。清兵衛さんが、食べるのは、もっぱら、盛り蕎麦でございました。これが、かけ蕎麦となると、つけ汁がやや濃い味ということで、本当に蕎麦の味を賞味するなら、盛りを、というのが、蕎麦通の間の常識とされているようでして――。

さて、この清兵衛さん、座った自分の身の丈ぐらいの蒸籠《せいろ》の数は食べられると豪語しておりまして、実際、そのことを知人友人と賭けの種にして、常勝を続け、もはや賭けに応ずる者もなし——という今日この頃でございましたが、このほど、一念発起、「今度は、立ち上がった身の丈だけの蒸籠を食い尽くす」と言い出しまして、新たな賭けを主催いたします。背丈分を食い尽くせば、その蕎麦代全額負担と賭け手の子ひとりにつき掛け金の倍額を支払わねばならぬという取り決め。いっぽう、清兵衛さんが途中で食を断念した場合には、逆に子各人に一両ずつ支払わねばならないというやり取りの、なかなかに豪勢な賭けでございました。

そうした特別な賭けが開催されるとなると、必ず声がかかるのが、無門道絡《むもんどうらく》というご仁でありまして、この方、今でこそ文福寺《ぶんぷくじ》の住職にまんまと収まっておりますが、骨董蒐集と博奕《ばくち》・放蕩にうつつをぬかしていたという前歴の持ち主。左手の小指が欠けているのも、危険な賭けを潜り抜けた痕跡なのだとか。とんでもない坊主があったもんで。

しかしまあ、元々法話交じりの舌先三寸に長けていたこともあって、檀家や周囲の民草《たみくさ》からは、近所のご意見番として、愛顧されておりました。

その日も、暮れ六つに蕎麦屋三枚庵《さんまいあん》にて《蕎麦清大食い《そばせい》》の賭けが催される旨《むね》、小博奕仲間の大工の棟梁《とうりょう》から知らされて、昼下がりから、なんだかそわそわしていると いう道絡さんでありました。

——そこへ訪ねてきたのが、うっかり八兵衛さんという近所の暇人でして——。寺の修行僧である雲水《うんすい》の案内で法堂《はっとう》へ通された八兵衛さんが、道絡さんに声をかけます。

「えー、こんちはー」

「おや、八兵衛さん、久しぶりじゃの」

「へい、ちょいと、霞町の清兵衛さんの商売の手伝いで、越後から信州の山奥をずっと旅しておりやした」

「ほう。霞町の清兵衛さんというと……あの蕎麦清のことかな」

「へえ、その蕎麦清と。あの人、あだ名の通り、信州じゃあ、ずっと蕎麦ばかり食ってましたよ」

「その蕎麦清と、暮れ六つに、催しの席で会うことになっておるのだが……」

「あら、それは奇遇で」

「なんじゃ、その件で来たわけではないのか？」

「へい。あっしだけの用件で」

「なんじゃやな？」

「ご住職が、ここんとこ腹具合——消化が悪いとか聞きまして、旅の途中で手に入れた、よく効く珍しい薬草を持って参りやしたんで」

　そういいながら、八兵衛さん、懐のものを差し出します。

「おお、それはご親切なことで。また、徳を積まれたな……」そこで受け取ったものに目を落として、「……これは、もう枯れているようだが？」

「いえいえ、地べたに生えている時から、こんな枯れたような黄色だったんで」

「そうか。して、なんという名の草本なのかな？」

「あっしも初めて見るもんだから、まず、漢方の藪野《やぶの》先生のところへ行って聞いてみたんですが、先生曰く、『この草本については、知識を持たぬ。私の守備範囲外のシロモノ。だが、ほかの分野の――《大江戸犬猫療治院》の猫田《ねこた》先生なら、何かわかるかもしれん』と」

「おお、《大江戸犬猫療治院》といえば、綱吉《つなよし》公の《生類憐《しょうるいあわれ》みの令》以来、繁盛隆盛を極めておる、大江戸一の動物専門療治院。当寺の猫ちゃんたちも、ずいぶん世話になっておるぞ」文福寺では、道絡さんの唱える「猫にも仏性《ぶっしょう》あり」の公案《こうあん》教義から、多くの猫を飼っていることでも知られておりました。

「――で、猫田先生の見立ては？」

「へい、驚いておりました。これは、韃靼《だったん》の奥地でしか手に入らぬと思われていた、神域の薬草、尾緒蛇胃散《おおだいさん》と呼ばれている漢方秘薬の元なんだそうでして……」

「ん？　それは――尻尾《しっぽ》の尾に鼻緒《はなお》の緒に蛇蝎《だかつ》の蛇と書くのか？　……ずいぶん、によろによろした名前だね」

「へい、その、にょろにょろが、大いに関係した草本なんでありまして……」

「ふむ。入手の経緯を聞こうじゃないか」

「待ってましたっ。そのことを話したくて、さっきからウズウズしてたんですよ」

「信州の山奥へ行ったのだったな」

「そうです。山奥へ分け入った清兵衛さんとあっしは、里を目指していたんですが、どちらを向いても、山と森……方角がまったくわからなくなっちまって、そのうちに歩き疲れてもきたもんで、ええい、ここらでひと休みと、適当な草むらに腰を下ろして、煙草をぷかーりと、やらかしてたんでさぁ。――そこでふと顔を上げると、向こうの大木の根っこに腰かけている狩人の姿が目につきました。狩人は、鉄砲を地べたに放り出して、こくーり、こくーりと居眠りをしておりやした。すると、なんか嫌〜な風と生臭い匂いが漂ってきて……出たんですよぉ」

「月が？」

「違いますって！　出てきたのは、すんげえデカい大蛇。身の丈は、そう……長屋の端から端までよりもまだ長い――全長およそ十間《けん》ほどはあろうかという、厭らしいまだら模様の蟒蛇《うわばみ》が……」

「ほう、そんなに大きい……それはまた奇っ怪な……御璽羅《ゴジラ》を思わせるほどの怪獣じゃな……」

「へ？　ゴジラ……なんスか？　それ？」

「嫌だね〜、無知な人間は。絶海の孤島大戸島《おおとじま》に代々言い伝えられてきた伝説の神獣じゃろがっ」

「神獣怪獣？」

「うむ。古《いにしえ》の天子《てんし》の璽《じ》をあまねく世に知らしめるために現れたる神獣とか……しかして、その実体は、偉い神獣学者の円谷英斎《つぶらやえいさい》先生によると、口から炎息《えんそく》を吹く、あな恐ろしき火龍の類ということじゃ。その御璽羅が、以前、このあたりにも上陸してな――」

「えーっ」

「大江戸の町の半分ほどは火の海と化した……」

「ギョギョ、じゃ、あの明暦《めいれき》の大火というのは……そのゴジラの仕業だったんでっ？」

「しぃーっ、これ、大声で言うなっ。これは、公儀もひた隠しにしておる、極秘中の極秘事項。決して他言はせぬようにな」

「へぃーっ」

「……まあ、江戸の町民も農民も寺子屋のお蔭で読み書きができる者が多いから、公儀が隠しても、民間に手紙やら何やら記録は残っとるじゃろうがな。ウチにも円谷先生の『大戸島御壐羅伝承』なる稀覯《きこう》の書があるんだが——」

「蘊蓄《うんちく》披露のお気が済みましたら、お次をお願いしやす」

「うむ。閑話休題《かんわきゅうだい》じゃ。——で、その蟒蛇がどうしたと？」

「へい……まあ、そのゴジラと比べると、ちぃと格落ちですが、ともかく人類が未だ見たこともないような大蛇が大樹の陰からにょろりと現れて……大口開けて、居眠り狩人を頭からぱっくりっ！」

「食うたのかっ！」

「いえ、食ったというより、呑んだという感じで」

「人ひとりを丸呑み？」

「へい。しかし、さすがの蟒蛇も、人ひとりを一気呑みですから、まだら模様の腹は、もう四斗樽《しとだる》のようにぱんぱんに膨れちまって、畜生めも苦しかったものと見え、しばらく、のたうち回っておりました。ところが、少しして、蟒蛇の奴、傍らの草むらに生えていた、黄色い草をぺろぺろと舐め出したんでさぁ……すると、どうでしょう、蟒蛇のぱんぱんの樽っ腹が見る見る萎《しぼ》んでいき、遂には、元の太さに戻っちまったというわけで。それで、すっきりした、まだら蟒蛇の奴、涼しい顔をして、また熊笹をがさごそ掻き分けながら、森の奥へと去って行きました――ってなわけで」

「蟒蛇の涼しい顔というのも、なんだかなぁ……それで、清兵衛さんとお前さんは？」

「へい。隠れていた灌木《かんぼく》の茂みからにょろりと這い出しまして――」

「嫌な這い出し方だね」

「それから、今見たばかりの奇体な黄色い草を引っこ抜いたんでさぁ。そうして、草を集め終わると、清兵衛さんは、ひどく怖い顔で、『これは、類稀《たぐいまれ》なる秘薬の元に違いない。江戸へ持っていって、漢方医にでも売り込めば、大枚が転がり込むかも……な、わしが買い手をうまく見つけるから、八兵衛さん、あんた、このことは、絶対、絶対に他言無用だよっ』――って、脅すように念押しするんですよぉ」

「ところが、お前さん、他言しまくり、か。――御釐羅のことも、黙っとけばよかったな」

「へへへ、つい、うっかり」

「ふむ、まあ、わしの身体を心配してくれてのこと。非難どころか感謝せねばならんくらいじゃ」

「そうですよぉ、ご住職の健康ばかりが心配で心配で……さて、どうです？　早速試してみては？」

ところが、道絡さん、黄色い草を手にしたまま、首をかしげて、

「しかしのう、わしは今、藪野先生に漢方薬を処方されている身でな。薬の飲み合わせの良し悪し——ということもあるから、藪野先生に相談してからでないと——」と言いかけたところではっと顔を輝かせ、「そうじゃ、これを鈴音《すずね》に用いてみようか——」

「へ？　スズネ？　おっと、ご住職も隅に置けないねぇ、どこの芸者か、はたまた女郎かいな……。♪ぼんさ〜ん、かぁんざ〜し、買うを見ぃた〜よさこぉーい、よぉーさーこーい、とくらぁ」

「バカヤロ、鈴音は、ウチで飼っている猫の名前！　鈴張のくりっとした目が可愛いから、わしが鈴音って名前をつけたのっ」

「へ？　猫？　……ああ、ここは鍋島《なべしま》の化け猫屋敷ならぬ鍋無しの禿げ猫寺として、

有名でしたからね」

「嫌なところと比べるね。――まあ、いい。鈴音は今、消化不良に苦しんでいて、ほかの猫どもから離して、禅堂の個室に精進料理の別膳を用意して、休ませておるところじゃ」

「極端な依怙《えこ》贔屓《ひいき》だね、どうも」

「どれ、禅堂へ行ってみるかの？」

――という流れで、二人は回廊を回って禅堂へと向かいます。禅堂の入り口に張り番のように直立している若い雲水に「で、鈴音に変わりはないかな？」と道絡さんが尋ねますと――。

「はっ、上座の個室にて、お食事中かと」

「ふむ、よろし」

禅堂の中へ入るふたり。内部は真ん中に通路、その両側の段差の上には畳が敷かれ、各一畳分ずつが独立した区域として両隣と板で仕切られております。そのかたちばかりの個室区画の奥には障子の張られた格子窓があり、その下には作り付けの箪笥《たんす》が据えられ、そして、その前にはきちんと畳まれた寝具がある――という構造の繰り返しであります。

「ここで、雲水が寝起きをし、座禅を組むのじゃ」と説明する道絡さん。

「へー、ご住職のところは、座禅もできるんで？」

「なんだ、そんなことも知らんかったのか？」

「この寺、昔は真言かなんかだったような……ここ今は、何宗なんですかい？」

「あ、えーっと」俄《にわか》に慌てるご住職。「ここはな、拙僧の代からは、自済宗《じざいしゅう》……事由《じゆう》派《は》の寺に変わったのじゃ」

「は？　ジザイジユウハ……逆さにすると自由自在派……ですか？　能天気な宗教だね、どうも」

「嫌だねぇ、無教養な人は。臨済《りんざい》禅の流れをくむ由緒ある自済禅の事由派であるぞ……その教義は、ざっくり言って、曹洞宗《そうとうしゅう》の座禅重視の黙照《もくしょう》禅、臨済宗の公案中心の看話《かんわ》禅のいいとこ取り。ウチは座禅もよし公案もよし、さらに森羅万象《しんらばんしょう》様々な事由を重んじながらも自由自在に悟りを得られますよ〜という……」と、適当な方便を口から出まかせ三昧《ざんまい》の背信のご住職。——なんとも、調子のいい宗派があったもんで。

さて、禅堂の中央の通路を行った正面には、一幅の掛け軸がかかっております。それを目にした八兵衛さんが、

「あれ、こちらは見上げた寺だねー。寺子屋の子供の書初めを張り出して——」

「それ、子供の書初めじゃないのっ」

「だって、墨の一筆書きで、くるりと丸があるだけ……まだ字ぃ習ってない幼子の習字なんでしょ、これ？」

「嫌だねぇ、教育のない人は。あれは、《一円相《いちえんそう》》と言ってな、禅における、真理や仏性を表すという、ありがたい書画なのじゃ」

「へー、書画骨董の類とくれば、やっぱ、お高いものなんで？」

「高僧の筆によるものであれば、裕福な茶人などが、うちの茶室にぜひと、十両二十両の大枚をはたいても欲しがることじゃろう」

「いいこと聞いた」

「なんと？」

「あしたっから、家で、ずーっと、簡単な丸ばっかりくるくる書いて、それ売って、大儲けするんだ」

それを聞いて怒るどころか、まんざらでもない様子の背徳の坊主。

「ふーむ、一円相の大量生産販売か。それは気づかなんだ……」

——と、とんでもない禅家《ぜんか》があったもんで。

欲まみれの妄想から先に我に返ったのは、八兵衛さんのほうでした。

「それはそうと、ご住職、薬草のほうは――？」

「おお、そうじゃった。早く猫にゃんに――」

「見たところ、ここには豚しかいませんが？」

と、八兵衛さんが指さす先、一番奥の個室仕切りに、朱塗りの膳を前にした、やけに黄色っぽく短い毛足の肉塊のような生物がぼてっと座っております。

「豚じゃないよ、失礼な。あれが、鈴音ちゃんなのっ！」と怒り炸裂の道絡さん。

「あ、そうすか。あっしはまた、髭の生えた珍種の豚がいるのかと思ったよ」

道絡さん、八兵衛さんのことは無視して、愛猫の許に駆け寄ります。

「あー、吉祥《きっしょう》の仕出し精進弁当とってあげたのに、こんなに残しちゃって……やっぱり、ポンポンの具合悪いのねー」

「気色の悪い愛猫家だね、どうも」

「はいはい、うっかりのおじちゃんの言うことなんて気にしないでねー。今、おとうちゃまがね、鈴音ちゃんのために、いいお薬あげまちゅからねー」

と、一摑みの尾緒蛇胃散の草本を、高価な絵皿の上に置きますが、当の猫ちゃん、胡散臭げに鼻をひくひくさせるだけで、また大儀そうに、ぼてりと座り込んでしまいます。

「口にしませんねえ」と八兵衛さん。

「うむ、良薬は口に苦しとか……それに鈴音ちゃんは、人目を気にする恥ずかしがり屋さんだから……まあ、このままにして、我々が退出すれば、口にしてくれるじゃろ」

――というわけで、道絡さんと八兵衛さん、いったん、禅堂を出て回廊の角に差し掛かります。

「ところで、八兵衛さん、一円相大量生産の案件じゃが、雲水らと手分けして、家内制手工業の業態でやったらと思うんじゃがな。それで、最近、黒猫飛脚《ひきやく》組合がやり始めた通信販売制度を利用して販路を全国に広げてだな……」

――てな調子のいいことを言っております、その時――。

背後に「グギャルルルギャオーン」という、ものすごい獣の呻《うめ》き声が響きます――。

それを耳にした道絡さん、弾かれるように反応して、

「あ、あれは……鈴たんの悲鳴！　ああ、ボクの鈴たんがっ！」

と、叫ぶや否や、禅堂へと駆け出します。

禅堂の入り口前に相変わらず突っ立っている雲水に、

「なんだ？　何があったんだ？」

　雲水が呆然としながら答えます。

「さあ……禅堂の奥のほうから今、アレが聞こえたばかりで……」

　道絡さん、最後まで聞かずに、禅堂の奥へすっ飛んで行きます。ところが――。

　禅堂の一番奥、先ほどまで鈴音ちゃんの座っていた個室区画に、彼女の姿は見えず、ふかふかの緋《ひ》色繻珍《いろしゆちん》の染み跡のある座布団の上には、帯紐で作った鈴のついた首輪が、ぽつんと残されているのみ。その前には、手の付けられた様子のない精進と薬草の膳がそのままに。

「ああ、鈴たん、どこ行ったの？」と、気色の悪い愛猫家が血眼になって、あたりを探し回ります。「す、鈴たん……出てきてよぉ……チョチョチョ」

　しかし、猫の姿はどこにも見当たらず。道絡さん、個室区画の窓のすべてを調べ、正面の一円相の掛け軸の裏も検《あらた》め、最後に再び一つしかない禅堂の出入り口へ戻って、雲水を問い質します。

「あの悲鳴の前後に、ここから出て行った者は？」

「いえ、誰も……いや、何も。出て行ったモノも、入ったモノもありません。因みに未確認飛行物体のようなものの出入りも、ありませんでした」

それを聞いて、腕組みして考え込む道絡さん。

「とすると……うーむ、これは奇っ怪至極な密室状況の猫消失事件……」

「へ？　ミッシツってなんのこって？」と、きょとんとした顔で、八兵衛さんが訊ねます。

「あー、またかい」道絡さん、溜息をつきます。「……お前さんには、まだ言ってなかったっけか。えーと、密室ってのは、ある種の事不思議における絡繰《からく》りの謂《い》いで、百年ぐらい経つと、偉〜い戯作者《げさくしゃ》が出てきて、そういうことを唱えてな、広く民衆に知られることになるわけ。ここでは——蟻も這い出る隙のない場所から、猫が煙のように消えてしまった事不思議のことを指して、そう言ってるのっ」

「そう、ぽんぽん言わなくても……ご住職、なにぷりぷりしてんですか」

「いちいち引っかかってたら、話が先に進まんのじゃよ。わしは禅家であると共に究理の徒でもあるのだから、そういうことを案ずるのっ！」

「へいーっ」

「じゃ、次行くから。えーっと、ともかく、この禅堂の窓は、どれも締め切られたままで、壁にも掛け軸の裏にも穴はなし。天井も畳も床も、いじられた形跡なし。さらに、一つしかない禅堂の出入り口に立っておった雲水も、なにも出入りはなかったと証言しておる。つまり、これ即ち、密室状況の消失の謎じゃ。——そこで拙僧は、その事不思議を忖度《そんたく》やら斟酌《しんしゃく》しようと……」

「そんな御大層な忖度なんかしなくたって……わかった！　こりゃ、天狗が——」

「あー、はいはい、みなまで言うな。……どうせまた、天狗がさらっていったとか言いたいんだろう？　じゃがな、天狗は山岳怪異に属する元来は山の神。このような町中の寺にまでは出張してこないのっ」

「天狗の仕業ではないとすると……」八兵衛さん、そこではっと閃《ひらめ》きます。「わかったっ。——あれだ、あの醜い豚猫は実は化け猫・猫魔の類で、その魔力を使って自ら消えたのだと……」

それを聞いて、天を仰ぐ道絡さん。

「なんと罰当たりなことを……佐賀《さが》鍋島家の化け猫屋敷じゃあるまいし。仏門で大事に保護されている猫が化けるわけなどなかろうがっ。虐待とかもしてないし。それに、あのねえ、ウチはこれでも寺ですよっ。毎日、厄除け・魔除けの御祈禱とかを、バッチリしてるわけ。そんな環境で、猫が化けることなんて、ありませんって」

「そうかなぁ……」と、首を傾げる八兵衛さん。しかし、すぐにまた、顔を輝かせて、「わかったぁ！」

「どうして、お前だけ、そう簡単にわかかるわけ？」

「いや、ご住職、謎は解けやしたよ——まだらの紐が……」

「なに？」仰天する道絡さん。「おぬし、どうして、そんなことを？」

「あ？　なんかヘンなこと言いました？」

「ま、まだらの紐と……」

「あ、つい、うっかり。まだらの紐みてえな蛇のことを自分流に約《つづ》めて言ったんで。——ほら、あっしが、信州の山奥で目撃した、あの怪獣——まだら蟒蛇の奴が、薬草を奪った恨みぃーてんで、御璽羅みてえに大江戸に現れて、哀れ鈴たんをひと呑みにぃ〜」

「ものすごい斟酌をするね、どうも。——あのね、ああた、この禅堂の窓にもどこにも穴は開いてないでしょ。そんな大蛇の出入りできる余地なんてないのっ。唯一の大きい出入り口だって、雲水が張り番していて、何物の出入りも目撃していないし」

「ふふ。ご住職、貴殿の頭脳も、そのくらいが限界ですかな」

「なんで、急に口調が変わるの？」

「いや、斟酌場面用に変えたほうがいいかと……ともかく、このミッシツ状況には盲点ありと……」

「なに、盲点とな？」

「へいっ」と上方を指さす八兵衛さん。「このでっかい出入り口、見張りの雲水さんの頭の上から出入り口の上の縁まで、おおよそ一間《けん》ぐれいの隙間があるじゃありませんか。そこが盲点だてんだ。ご住職、蛇てえものは、壁、天井も容易に這い回ることができるんですよ。だから、蟒蛇の奴、天井あたりをぬるりと這って、雲水さんの視界の届かねえ頭の上から出入り口の縁までの間を、する〜りと入り込み、鈴音ちゃんをぱっくりやって、また、雲水さんの頭の上をする〜りと潜り抜け……」

「嫌だね、素人さんの斟酌は」と、藪睨《やぶにら》みの目で八兵衛さんをねめつける道絡さん。「悲鳴がした時、回廊を歩いていたわしとあんたは、すぐに振り向いて、禅堂へ駆けつけたじゃろ。あの時、雲水の頭の上も、出入り口の上方も、み〜んな、わしらの視界には入っておったじゃろが。しかるに、そんな蟒蛇も、まだらの紐とかも、全然見えんかったではないかっ」

「へい〜っ」

しかし、道絡さん、そこで「蟒蛇と言えば……」と呟きながら、思案気に禅堂の奥を振り返ります。

と、その時——。

寺の鐘つき堂から、暮れ六つを告げる鐘の音がゴーンと――。

それを耳にした道絡さん、目をカッと見開き、「しまった！」

「ひえ、どうなすった？」

「暮れ六つに、蕎麦清の賭けに立ち会うのを、すっかり忘れておった」

と、すわ回廊を走り出す道絡さん。その背中に向かって八兵衛さんが、

「ちょっと待って、ご住職っ、もう一つ、今思いついた忖度があるんですがね」

道絡さん、振り向きもせず、

「ええい、待てん。手遅れにならないうちに……三枚庵へ……いや、蕎麦屋へ行く前に、大江戸犬猫療治院にも立ち寄らねばならんのだっ」

「あ、あっしも行きますから、ちょ……待ってよ」と、自分も駆け出す八兵衛さんでしたが、小声でぶつぶつと、「――せっかく、唯一の目撃証言をした雲水さんが嘘をついて、自分で猫を隠していたら……って、素晴らしい忖度を思いついたのに……あ、でも、あの豚猫、肥ってっから、雲水さんの懐には入りきらんか。へへへ、ま、いいや。これ、オマケ忖度」

いっぽう、道絡さんのほうは、その言葉通り、大江戸犬猫療治院に立ち寄り、慌た

だしく一点の確認をいたしました後、ちょうど来合わせた辻駕籠《かご》を呼びつけ、賭けの催されている三枚庵へと急行いたします。

蕎麦屋の暖簾《のれん》をくぐると、店内の四、五人がいっせいに振り向きます。その中にいた、道絡さんの賭け事仲間の大工の棟梁が、

「ああ、ご住職、遅かったじゃないの。あんさんの掛け金、あっしが立て替えて張っときましたよ」

「それは、すまん。……で、賭けはどうなった？」

棟梁が傍《そば》の席を顎で示し、

「ご覧の通り、蕎麦清の旦那、座った自分の身の丈を超える枚数の盛り蒸籠を食っていますよ」

「ほう。ひい、ふう、みい……すごい数だな」

「蕎麦清の旦那、最初からゾゾーって、噛みもせずに、咽喉《のど》から胃袋に啜《すす》り込んでね」

「しかし、立った身の丈までには、まだ達しておらんな？」

棟梁は頷きながら、

「まだだね。立ち食いになって、背丈までもう少しというところで、口が止まって、

苦しそうな顔で、『ここで、ちと食休みを』と言うんだ」

「なに？　それはいかんぞ」

「へえ。あっしらも、そう思ったんですよ。雪隠《せっちん》にでも行かれて、上から下から出されちまったら賭けとしてズルだからって言ったんだ。そしたら、蕎麦清が、厠《かわや》へ行くわけではない、と。隣の座敷でひと息つくだけだからって言うんで――」

「――にしても……」

「そう。長く休まれたら、消化が進むからマズいってんでしょ？　あっしらも、半刻《はんとき》も休まれたら賭けにならねえからって言ったら、向こうは、ゆっくり十数える間だけでいいって言い張るから、こっちも、まあ、それくれえならいいだろうって全員同意して――」

「して、蕎麦清は？」

「だから、隣の座敷に入って襖《ふすま》をぴしゃりと閉めて――」

「それからいくつ数えた？」

「ご住職が飛び込んできた時が、ちょうど十数え終わった頃で……だから、それからもう、三十ぐらい数えたことになるか……」

「それは、まずいぞ！」道絡さんたちが、隣の座敷へ殺到し、慌ただしく襖を引き開けながら、「蕎麦清よ、猫田先生から聞いたぞ、その尾緒蛇胃散の薬草は、蛇以外のものが口にしてはならぬ――」

しかし、座敷の中から答える声はなく、

ただ羽織をまとった大量の蕎麦が座っているのみ――。

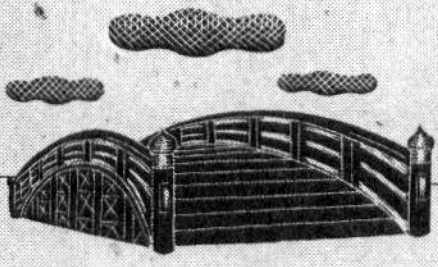

そこつの死者は影法師《かげぼうし》

落語魅捨理全集五

えー、かの小林一茶《こばやしいっさ》の句に、

朝顔や横たふは誰《た》が影法師《かげぼうし》

——というのがございます。影法師というのは、人の影のこと。むかしは黒い影のことを、黒い衣を着た法師——坊さんに擬人化して、そう呼んだのだとか。膝小僧などと言うのと同工でございますな。

ところで、句を詠んだ宗匠《そうしょう》の目に留まったのは、どなたの影だったのでしょうか。俗に「影に怯える」という表現がございますが、句の情景から察するに、宗匠がご自分の影に驚かれたのではという解釈もできようかと存じます。

「影に怯える」——で思い出されるものに、ドッペルゲンガーの怪異というのがございます。ドッペルゲンガーというのは独逸《ドイツ》語で、「二重の歩く者」とするのが直訳。これを簡単に「分身」と訳してもよろしいかと存じます。つまり、自分が自分そっくりの分身と出逢ってしまうこと。あるいは、自分そっくりの分身を第三者が別の場所で目撃してしまう——という怪異のことを指してドッペルゲンガー現象と呼んでいるわけでございまして。

怪異とは申しましたが、これは決して作り物の怪談の範疇《はんちゅう》で語り済まされるべきものではございません。世界中の信のおける著名な方々——例えば、独逸の詩人ゲーテ、露西亜《ロシア》の女帝エカテリーナ二世、亜米利加《アメリカ》合衆国大統領のリンカーン、そして、わが国の作家芥川龍之介《あくたがわりゅうのすけ》などによる、現実のドッペルゲンガー体験が数多く報告されております。

いっぽう、俗説ではございましょうが、「この世に自分そっくりな人間が三人はいる」——という話も、よく耳にいたします。実際家の方に言わせれば、何億、何十億の人間がひしめく世界には、自分そっくりの他人が存在する確率も、それなりにある——ということなのでございましょうか。現に、インターネットの《ツイン・ストレンジャーズ》なるサイトに自分の顔写真を投稿すると、たちどころに世界中から自分と瓜二つのそっくりさんを探し出してくれるのだとか。

――なんとも、面白いような、気味悪いような、妙な世の中になってまいりました。

さて、時は遡《さかのぼ》って、江戸のむかしにも、このドッペルゲンガー現象が報告されております。きょうは、そうした自分の分身に出遭ってしまった男の噺《はなし》を一席――。

――朝顔にぃ〜つるべ取られてなんとやらぁ〜か……へへへ、この八兵衛さんの住む長屋にも、こんなに朝顔が咲いてくれて……いよいよ夏も盛りですかねぇ……あぁ、綺麗な花だね……あれ、花を邪魔する影法師が差してきて……いったい誰の影かしらん……って、こんな朝っぱらから……夜っぴて飲んで朝帰りした八兵衛さんしか、ここにはいないでしょ。自分で自分の影に驚いてて、どうすんのよって……。

と、振り返ると、そこに誰かが立っております。朝日を背にして陰っているそいつの顔を目を凝らして見まするとー―。

それは自分の顔でございました。

「お、おめえ……誰？」

その自分の顔はにやりと笑いながら、

「誰って……おいらは、おめえじゃねえか……」

「ひぇ〜〜っ！」

と叫びながら、がばっと床から飛び起きる八兵衛さん。そこは長屋の自分の家の中でございました。

「ふうぃ……なんでぃ……夢だったのかよ」

しばらく、ぼんやりとあたりを見回していましたが、すぐにけさの出来事を思い出します。棟梁の家で仲間と酒を呑み、夜も明けるという刻限に、ようやくのご帰還。住処《すみか》の長屋の井戸の前に差し掛かると、そこに咲いている朝顔が目に留まりました。

「ああ、夏も盛りだねえ」などと呟きながら、ふと表通りのほうに顔を向けると、そこに旅人らしき姿をした人影が……夏の眩しい朝日がそいつの顔を照らした時、八兵衛さんは、「あっ！」と、小さな叫び声をあげてしまいます。

――あの顔は、お、おいらじゃねえか……？

酔いと眠気でぼやけていたまなこを擦《こす》り、もう一度そちらを凝視すると、もう人影はありません。

――ああ、畜生、飲み過ぎたなぁ……自分の幻を見るなんて……立ったまま眠って、夢でも見たんかいな……ああ、どっちにしろ、心持ちが悪いや……ここは、はええとこ、寝るべし寝るべし……。

と、寝床に潜り込んだのが、けさがたのこと……そこへきて、この夢でございます。醒めてもなお、心持ち悪く、妙な考えが八兵衛さんの頭を巡ります。

——世の中に、自分そっくりの人間が三人はいるというが……それにしても、気味が悪い。郷里の婆さまも『自分の影法師が実体となって目の前に現れたら、その者がおっ死《ち》ぬ前触れじゃぞ』——とか、言ってたっけ、まさか、おいらもそんなことに……いやいや、あれは酔った目が見た幻……だが、そんなもの見るようじゃ……おいら、身体のどっかが具合悪いのかもしんねえ……どれ、藪野《やぶの》先生のとこへ行って診てもらうか……。

俄《にわ》かに心配になった、うっかり八兵衛さん、近所の漢方医の許を訪れます。

八兵衛さんの話を聞き、身体の触診も終えた藪野筍心《じゅんしん》先生、首をかしげて、こう申します。

「ふぅむ、内臓の疲れや衰えは見当たらんようだが——」

「しかし、先生、あんなにはっきりとした幻は、今まで見た覚えがねえから、どっか具合が悪いに違《ちげ》えねえと思うんですが……」

しかし、藪野先生、それには答えず、

「お前さん、朝顔は確かに咲いていたか？」

「へ？」

「起きてから、家を出た時、朝顔は咲いていたか、と訊《き》いておるのだ」

「へい。昼頃に家を出た時には、確かにまだ咲いておりやした」

「それなら、朝帰りに朝顔を見たというのも実物を見たのであって、酔った上での幻ということではなかろう。従って、その直後に見たという自分自身の姿にも実体はあったのだろうと推察される」

「そ、そんな……あっしは、てっきり自分は病気なんだと……」

「そうさな……いや、ひょっとしたら、ある種の病気……ではあるかもしれん」

「やっぱり……？」

「影の病《やまい》と言うてな」

「影の病……影って影法師の影のことですか？」

「そうだ。影法師のように自分そっくりな分身が現れ、それを見た者は……むかし『漢方医事全書』の狂魂の巻で、こんな症例を読んだことがある――」

　と、藪野先生は重々しく語り始めます。

「むかし、駿河《するが》あたりに代々続く侍が、外から帰って来て、居間の戸を開くと、机に向かっている人がいる。自分の留守の間に誰だろう、とよく見ると、髪の結いよう、衣服、帯に至るまで、自分が常に着ているものと同じである。自分の後姿を見たことはないが、寸分違いないと思われたので、顔を見ようと近づいていくと、その人物は向こうを向いたまま障子《しょうじ》の細く開いた隙間から縁先に出てしまい、すぐに後を追ったが、もう姿は見えなかった。家族にその話をすると、母親はものも言わず、眉を顰《ひそ》めて、まともに応じようとしない。――それから後に、その侍は原因不明の病となり、その年の内に死んでしまった。実はその侍の祖父・父親もともに、この、分身を目撃するという影の病により亡くなっており、あまりに忌わしきことゆえに、母親や家来たちはそのことを言えずにいたのだとか。その結果として、三代にわたって影の病にて病没してしまった――ということなのだ」

「ひぇー、じゃ、ウチの婆さまが言っていたことは――」

「お前さんの郷里は、確か信州のほうだったな。駿河とは、だいぶ離れて距離もある。あながち、田舎の年寄りの迷信・土着の噂話の類《たぐい》とは思えんな」

「そ、そんな……恐ろしい病気に罹っているなんて……先生、あっしは、どうしたらいいんで？」

「とりあえず、狂や幻覚に効果がある三黄瀉心湯《さんおうしゃしんとう》と黄連解毒湯《おうれんげどくとう》を処方しておくが、影の病は別名、離魂病と言って――」

「へ？　リコン？　……あっしは、まだかかあも貰ってませんが？」

「その離婚じゃなくて、生きながら、その人の魂が離れちゃう離魂のことっ。――分身を生霊の類と考える診立てを言っておるのだ」

「へいーっ」

「ともかく、そうだとすると、最早、狂や狐憑きをも超え――生薬による治癒能《あた》わざる域となるから、医師ではなく、徳を積んだ僧侶か神職にでも頼るしか……」

「ああ、そうですか……わっかりやした。徳を積んでるかどうかわかりませんが、坊さんなら知り合いがおりますんで」

そう言われて、文福寺の住職をしている無門道絡《むもんどうらく》師のことを、即座に思い浮かべた藪野先生でしたが、それを確かめる前に、うっかり屋の離魂病患者は、生霊のように目の前から消え失せておりました。

「徳がどうとかは、おいらにゃわかんねえが、ここのご住職がすんげえ物知りであることは確かだからなぁ……」

などと呟きながら、文福寺の門をくぐる八兵衛さん。

――すると、突如、辺りを驚かす大音声が響きます。寺の仏殿の前庭に集った若き修行僧たちが、手に手に楽器を抱え、笛、三味線、琵琶《びわ》が奏でる力強い旋律を、鉦《かね》、太鼓、木魚《もくぎょ》の律動が喧《やかま》しく支え、その上に聞き覚えのある道絡さんの胴間声《どうまごえ》の唄が乗っかって、すさまじいことに――。

「♪ 超スンゲェ楽になれる方法を知りたいかい？

誰でも幸せに生きられる方法だ。

もっと力を抜いて楽になるんだ。

苦しみも辛さも全てはいい加減な幻さぁ、安心しろよ、赤ちゃん」

そこで鉦、太鼓、木魚の打楽器隊による、風神雷神もかくやという激しい乱打が挿《そう》入《にゅう》。

「♪ この世は空しいモンだぜ。

痛みも悲しみも最初から空っぽなのさ。（合唱 ♪ 空っぽさ～ 空っぽさ～）

この世は変わりゆくモンだってんだよ。（合唱 ♪ 変わりゆく～ 変わりゆく～）

苦を楽に変えることだって出来るはず。（合唱 ♪ 出来るはず～ 出来るはず～）

汚れることもありゃ重荷を背負い込むことだってあるさ。

だけど赤ちゃん、抱え込んだ重荷を下ろしちまうことも出来るはず、そうっここで若き雲水《うんすい》たちが和声的合唱を挿入。

「♪　この世がどれだけいい加減かわかっただろ〜。

　苦しみとか病とか、そんなモンにこだわるなよ〜。

　そろそろ重荷を下ろしなよ〜」

そこで道絡さんが旋律隊に威勢よく指示します。「せいっ、琵琶法師、来いやっ！」

間髪を入れず琵琶法師が超巨匠的・殺生《せっしょう》的独奏の黒青旋律をべべべベンと弾き倒します。

「♪　――」

そこへ再び突っ込む胴間声の心の咆哮《ほうこう》――。

「♪　見えてるものにこだわるなぁ〜。

　聞こえるものにしがみつくなぁぁぁ〜〜。

　はいっ、ぜぇんぶ〜まとめて大丈夫っとくらぁ！」

八兵衛さん、たまらずに駆け寄って、道絡さんの背中をどんとド突きます。

「あングっ？」唄うのを止めて思わず振り向くご住職。「ああ、うっかりのハチ……どうしたんじゃ？」雲水たちの演奏も止めさせて、友人の前に向き直ります。

「どうしたのって、それ、こっちの科白《せりふ》だっての。昼間っから、なにやってんですかっ？」

「あ？　これは、稽古稽古。お得意の般若心経《はんにゃしんぎょう》に節を付けてな。長唄小唄清元《きよもと》の類として、大いに世間に売り込もうと愚考してな。これ、廓《くるわ》とかでも流行《はや》るで～」

と、とんでもないことを愚考する禅家《ぜんか》があったもんで。

「六波羅蜜《ろくはらみつ》に琉球《りゅうきゅう》の句朗流《くろうりゅう》の唱法を取り入れて、略して六句朗流《ろくンろうる》と呼んでもらおうと」

「ロクンロール……ですか？」暗愚なる八兵衛さんは、残念ながら世界音楽史に埋もれてしまうであろう世紀の瞬間に立ち会っていることを認知しておりませんでした。

「まさか、それで金儲けしようっていうんじゃあ……？」

背徳の禅家はケロッとした顔で答えます。

「一円相《いちえんそう》お習字の通販事業も軌道に乗ったことだし、次なる事業の布石を打っとこうかと」

さすがの八兵衛さんも呆れて、

「なに言ってんですか、ご住職。お経をいじくって商売とは、バチが当たりますよ」

「バチなんぞ当たるもんかっ」と激しく抵抗する背徳の禅家。「般若心経の真言は、一行たりとも変えてはおらん。ただ、あまねく衆生《しゅじょう》に届くよう、少し砕けた表現にしてはおるがな……」

「砕けすぎだっての、それに、赤ちゃん──っていう掛け声みたいの、なんなんすか？」

「あ、あれ、本物の赤子のことではなくて、広く衆生に友好的な呼び掛けをしてるの」

「そうなんすか？　なんか無責任な感じの唄でしたが……」

道絡さん、真顔になって、

「無責任大いに結構、禅の心は無責任に通ず──人はみな植木《うえき》等之介《ひとしのすけ》のようにありたいものじゃ」

「へ？　なんすか？　その植木なんたらいうご仁《じん》は？」

「あ？　わしの未来予測の銅鏡によると、いつかそういう傑物快人が現れて衆生を救う……ああ、まあ、ええ。この歌の文句をよくよく考えてみよ」

そう言われて、歌詞を思い返しながら、思案気な顔になる八兵衛さん。

「……しかし、まあ、さすがは般若心経、こんな風に易しい言葉で聞かされると、とてもいいこと言ってますね」

褒められることが何よりも好きな道絡さんが猫のように聞き耳を立てます。

「そうじゃろ？　して、どのあたりが気に入った？」

「『♪　苦しみも辛さも全てはいい加減な幻さぁ』とか、『♪　苦しみとか病とか、そんなモンにこだわるなよ〜』とか、『♪　見えてるものにこだわるなぁぁ〜』とか……」

それを聞いて機嫌を直す背徳の禅家。

「ああ、ウンウン、やっぱり、あそこな……よかったじゃろ？」と言いながら、「しかし、反応する箇所がちと……あんた、どっか具合でも悪いのか？」

「さすがは道絡師、大当たりですわ。藪野先生にリコン病の類とか言われて――」

「なに、それならわしも患っておるよ。三度細君を娶《めと》って、三度離縁の憂き目を見ているものでな――」

「だからさぁ、その離婚じゃないんだって。生きながら自分の魂が実体を持って離れちゃうほう。藪野先生に、もう自分の守備範囲外だから、徳を積んだ僧侶か神職におすがりしたら、と勧められて……」

「徳を積んだとな……」道絡さん、まんざらでもない様子で、藪睨《やぶにら》みの目を細めると、先を促した。「あのお人らしい、いい判断だとは思うが……で？」

そこで、八兵衛さん、けさがたの分身目撃の体験談、続いて観た悪夢のこと、そして藪野先生が説明してくれた《影の病》の気味悪い症例について仔細に告げました。

「――というわけで、ご住職、何とか助けてくださいよぉ……影法師を退けるのに、厄除けの祈禱でも、魔除けの祈禱でも、がんがん施していただいて……」

「それは……せんよ」と意外に冷たい道絡さん。

「どうして？」

「お前さんの話は首尾一貫しておる。しからば、自分の分身とやらを見たというのも、実体のあることとじゃろう。従って、わしは狂や狐憑きの診立ては退ける」

「でも……何か仏教のやり方で――」

「だからさぁ、相手が死霊ならば、教戒済度《きょうかいさいど》の方策も立てられようが、分身は生霊だという診立てがあるんじゃろ？　残念ながら、仏教は死霊で手一杯、生霊の悪さまでは想定しとらんからな」

「そんなぁ……何か適当なお経とかないんですかい？」

「読経なら、今の六句朗流で必要的確かつ十分……。♪　苦しみとか病とかにこだわるなよ〜、赤ちゃん〜ってな……」

「いい加減だなあ。あっしが見た影法師の実体解明について、お得意の忖度《そんたく》やら斟酌《しんしゃく》やらはないんですか？」

「ないね」と、今回は実にそっけない道絡さん。「――と言うか、もう答えは出ているし」

「答えが出てる？」

「仏法の智慧の前に衆生の智慧がある――ほら、よく『この世に自分そっくりな人間が三人はいる』と言うではないか」

「でも……」

「影法師とか、影の病とか、やれ、分身だとか、離魂がどうだとか、頓痴気《とんちき》なことにこだわるでない。もっと、素直に物事を見るんじゃや。この世の中には、浜の真砂《まさご》ほど人がいるのだから、その中にひとり、ふたりは、自分そっくりな人間がいても、不思議はなかろう。春の小川にうようよ泳いでおるメダカを見て、こいつは八兵衛、こいつは七兵衛とか、一匹一匹峻別はせんじゃろう。大所高所から見下ろせば、メダカなんて、みんな同じのそっくり八兵衛じゃからな。だから、お前さんが、けさがた見たという影法師も、この広い世の中の自分そっくりな三人のうちのひとりが、たまたま通りがかったのだと、な」

「はあ……」と狐につままれたような顔の八兵衛さん。

――と、その時。

八兵衛さんの背後で声が響きます。

「えー、ごめんください……」

後ろを振り返って、びっくり仰天、そこに自分が立っております。

手甲《てこう》・脚絆《きゃはん》という旅姿の自分は八兵衛さんの存在には気づかぬかのように、道絡さんに向かって、

「ご住職で？　あたし、水戸から出てまいりました旅の者ですが、八兵衛さんという方の行方を捜しておりまして、雨森《あまもり》長屋のほうで、こちらに寄っているかもしらんと聞きましたもので……」

道絡さんも少し驚いた様子で、「早くもご登場か」と呟いたあと、落ち着き払って相手に言います。「八兵衛さんなら、ほら、あんさんの目の前じゃ」

その旅姿の男は、道絡さんから八兵衛さんに目を移しましたが、同じ顔の相手にも特に驚いた様子もなく、晴れやかな笑顔になって――。

「ああ、兄《あに》さん、やっと巡り合えた……」

「あ、兄さん？」目を白黒させる八兵衛さん。

「そうですよ。あたしは、あんさんの双子の弟で、七兵衛と申します」

「双子の弟……そんなこと聞いてないよ」

「そうでしょう。あたしも、里親が亡くなる直前に聞かされた」

「――ってことは、あんた、里子に出されたわけか？」

「へえ。ほら、田舎じゃ双子が生まれると、何かと……」

今では考えられないようなことですが、昔は畜生腹などと酷いことを言って双子の誕生を忌み嫌うという非科学的で差別的な風習がございました。

「――それで、兄さんだけは生家に残り、あたしのほうは、生まれてすぐ、信州のほかの村の農家に里子に出されたんです」

「全然知らなかった……」

「今、申しましたように、あたしも、両親が死ぬ直前まで、知らされませんでした。里親は子供がなかったので、あたしのことを実の子のように可愛がってくれましたもので、あたしも全然気づきませんでしたが」

「その育ての親御さんは、いつお亡くなりになった？」

「あたしが、十六、七の時、相次いで病没しました」

「そりゃ、ずいぶんと前のことだね」

「それで、ほかに兄弟もこれといった係累もなく、独りぼっちに、なっちまったあたしは――」

「そりゃ可哀想になぁ……」

「それで、あたしは、なんだか、たまらなく生き別れの双子の兄さんに会いたくなって、八兵衛という名前と郷里を出て水戸のほうに行っているという噂話を頼りに、そちらのほうへ」

「その水戸からも引っ越したもんだから――」

「はい。水戸では、いったん腰を落ち着けて、板前修業をして、所帯も持ったんですが、やっぱり、生き別れの兄さんのことがずっと頭から離れず、再び行方を探し始めて、ようやく今は江戸のほうに住んでいるということを探り当てて、こうして逢いにきたというわけでして――」

「そうかい――するってえと……」八兵衛さん、ここで少し警戒するように身を硬くしまして、「感動の再会抱擁《ほうよう》へ行く前に、ひとつ確かめてえんだが……お前さん、今朝早くに、おいらの住処の前を通りがかったかい？」

「へ？」

「ほら、家の前の井戸んところに朝顔が咲いてる長屋――」

「はいはい。江戸は不案内なもので、けさがたは、そちらの前を通り過ぎちまいましたが、確かに――」

「おお、そうかっ！　じゃ、あれは影法師じゃなかったのねっ」

「はあ？」

「いいからいいから、とにかく安心したっ……改めて、苦労をかけたなぁ……」と、八兵衛さんの目に涙が溢れ、「洟《はな》たれ小僧だった、おめえも、こんなに大きくなって……」

「兄さんも大きく……ん？　あれ？　洟たれる前に、生まれてすぐの生き別れだったって言ってるでしょっ」

「あ、そうか、こいつは、うっかり——じゃ、再度改めて、弟よ〜〜」

と、七兵衛さんを激しく抱擁にかかる八兵衛さん。

「こっちも、改めまして、うぇーん、兄さーん」

それまでのふたりの遣り取りを黙って見ていた道絡さんが溜息交じりに呟きます。

「はあ……なんだよ、双子ネタかい……この手の話じゃ一番やってはイケナイ部類のオチですよ」

——えへん、本オチはまだまだ先でございますから。

ところが、道絡さん、そこで首をかしげまして、藪睨みの目を細めます。

「……七兵衛と八兵衛の双子兄弟か……ん？　……なぁんか、引っかかるなぁ……」

文福寺での感動の再会のあと、八兵衛、七兵衛の双子兄弟は、八兵衛さんの家で、歓談の続きということに相成ります。改めてそれぞれの半生を語り合ってみると、双子とは不思議なものでございますな、別々に違う環境で育ったのに、互いに驚くほどの共通点がございまして。釣り好き、酒好き、ご婦人の好みが同じ、目刺しが好物。蜘蛛《くも》が苦手。病歴や傷のある個所までも同じ。さらに、そこつ者の性質のほうもそっくりで、うっかり八兵衛の綽名《あだな》に対して七兵衛さんのほうも、よく偽りをすっかり信じ込んでしまったり、約束の刻限をすっかり忘れていたりしますもので、《すっかり七兵衛》の異名をとっているという塩梅でございました。

そんなこんなで、大いに飲んで語った丸二日が過ぎ、三日目になって、七兵衛さんが、こんなことを申します。

「兄さん、あさってには家に帰らなきゃなりませんので、その前に、せっかく来た江戸の見物でもしてみたいのですが」

「そいつぁ、いい――と言いたいところだが、きょうの昼間は、文福寺のご住職から、ちょいと用事を頼まれててな。一緒には行けねえが……」

「ああ、ひとりで構いませんよ」

「で、どこへ行きたい？」

「永代橋《えいたいばし》へでも」

「おっ、さすが兄弟、いい趣味してるね。吉良《きら》の首を掲げた赤穂浪士《あこうろうし》が泉岳寺《せんがくじ》へ行くのに渡ったという天下御免の大橋だ」

「へい。橋の上からの眺めも、ずいぶんいいと聞いてます」

「ああ。見晴らしはいいよ。晴れれば一望千里の趣《おもむき》だぁな。西に富士、北に筑波、南に箱根、東に安房上総《あわかずさ》が一望に――」

「ほう」

「そんでもって、ずーっと向こうには、阿蘭陀《オランダ》、英吉利《エゲレス》まで……」

「そんなに遠くまでは見えませんてっ」

「あはは。つい、うっかり。――ま、きょうは、深川富岡八幡宮《ふかがわとみおかはちまんぐう》の十二年ぶりの祭礼だって聞いてるから、あの界隈は人出も仰山なことだろうが、かえって面白れぇだろ。気を付けて行ってきなよ」

「へい」

この時、「かえって面白れぇだろ」と気軽に言った八兵衛さんにしてみれば、その後に起こる大惨事のことなど知る由もありません。

——てな運びで、その日の午後、永代橋の手前に差し掛かりました七兵衛さん。

——あれ、あそこに見えるでっけえ橋桁が永代橋かな……それにしても、すげえ人だね……さすがは、お江戸だ、郷里の田舎とは全然違う異国へ来たみたいですよ……人込みで前が見えねえくらいだょ、この仰山な民族大移動が、みぃんな永代橋を渡って富岡八幡宮の祭礼へ行くてんだから、たいしたもんだね、江戸ってのは……ああ、もう、人込み掻き分けないと前へ行けねぇよ……おっと、アブねぇ！　畜生、人にどんと突き当たって、詫びも入れずに行っちめえやがる。嫌だねえ～、江戸のお人ってえものは。田舎と違って、みんなせっかちで、他人に無頓着《むとんちゃく》、礼儀もわきまえねえ……それにしても、この人込み、なんとかならんものかね、いつまでたっても橋へ行き着きやしねえぞ……。

と、その時、後ろからぽんと肩を叩かれます。振り向くと、恰幅のいい町人風の男が笑いながら、

「いよう、久し振りっ」

「はあ？」

「はあ、じゃねえよ。八兵衛さん、俺だよ、田能久《たのきゅう》の源蔵《げんぞう》」

「それは、初めまして」

「なに堅っ苦しいこと言ってんだい」

「あたしは七兵衛と申しまして」

「ははは、相変わらずのうっかりだな。自分の名前間違えてやがる」

「あたしは八兵衛の――」

「まあいい、まあいい。俺、そこの先に新しくうなぎ屋始めたんだ。どうでぃ、そこで一杯やらねえか？　店ん中も見せてえし」

「ですから、あたしは八兵衛の兄弟の七兵衛……」

「あー、江戸っ子は、八だの七だの細けえことは、うだうだ言わねえんだ。いいから、来いってんだよっ！」

　と、源蔵さん、強引に七兵衛さんをうなぎ屋に引っ張っていきます。類は友を呼ぶと言いますが、うっかり者にはうっかり者な友達がいるということでございましょうか。いっぽうの、七兵衛さんのほうも、いい加減なもので、その異名通り、すっかり八兵衛さんのつもりになって、それから日暮れ時まで適当に話を合わせながら源蔵さんの酒の相手をしてしまうことになります。

　さて、日も暮れて、ようやく永代橋渡りのことを思い出した七兵衛さん、うなぎ屋を辞去して、酔いで多少ふらつく足取りながら、橋の方向に向かいます。

――あれ……まだ、あんなに人だかりがしてるよ。また、人を掻き分けて行かなきゃ前へ進めないのかい？　ん？　変だな、さっきから、人込みが動かねえ。それに橋の袂《たもと》で詰まっちまってるみてえだ。人込みも、妙な空気でざわざわして、……時々、悲鳴や泣き声なんかも聞こえてくる……変だぞ……こりゃ、祭礼へ向かう善男善女って感じじゃやねえな。

そこで七兵衛さん、前にいる人に尋ねます。

「ちょ、ちょっと、あんさん……」

「なんでい？」

「永代橋のほうで、なんかあったんすか？」

「なんかもなにも……おめえ知らねえのか？　橋が崩落したんだよ」

「えっ、橋が崩落？」

「そう。橋の真ん中東側が数間《けん》ほど崩落したんだ。そこへ祭礼目当てできた大群衆が、押し合いへし合いで押し寄せてきたもんだから、たまんねえや、次々に大川へ落っこちて……」

それを聞いて驚いた七兵衛さんが、

「ああ、あたしもうなぎ屋に誘われなかったら、落ちていたかも……」

「そうかもな。いま、遺体も上がってきてて、南町奉行所が来て、検分が始まってるんだが、なんでも、死人、行方不明を合わせると、千人は超えそうだって話だ」

「そ、それは恐ろしき大惨事……」

これが、後世に『夢の憂橋《うきはし》』として名を残すことになる史上最悪の落橋事故——文化年間の永代橋大崩落でございます。この時の死者・行方不明者合わせて千四百人を超えたとの記録もあり、その大惨事については『夢の憂橋』の作者大田南畝《おおたなんぽ》が、こんな狂歌を残しております。

永代とかけたる橋は落ちにけり
きょうは祭礼あすは葬礼

さて、事故のあらましを聞いた七兵衛さん、自分の目で惨事の様子を確かめたくなってまいります。そうして再び人込みを掻き分け掻き分けしているうちに、とうとう人垣の先頭に出てしまいました。そこは、橋の袂の土手の上。菰《こも》を掛けられた遺体が土手の上にずらりと並び、陣笠《じんがさ》姿の奉行所のお役人たちがそれらの検分をしております。そのお役人のひとりが、七兵衛さんを呼びつけます。

「おい、次、お前だ」

「は？」

「遺体の検分をせい」

「いえ、あたしはこのあたりの者じゃ――」

「ええい、つべこべ言わずに、早よせい。あとがつかえておるからっ」

「へえ……」と、ついふらふらと前へ出てしまう七兵衛さん。

「その菰をめくって、遺体の人定をせよ。知り合いならば、速やかに申し出よ」

役人の居丈高な態度に気圧されて、ついまた、菰をめくってしまう七兵衛さん。

――ああ、嫌だねえ、女だよ、こんな蒼い顔して、死んじまったら美人も台無し
……ああ、こちらは爺さん、祭礼参りの善男善女が、どうして、こんな風にあの世行きになっちまうのかなぁ。ああ、嫌だ嫌だ……もうひとり見たら、やめにして逃げちまうか。うん、そうするぞ……で、こちらさんは……ん？

「あれれれっ！」と、思わず飛び退く七兵衛さん。

「む？　どうした？」とお役人が尋ねます。

「へいっ、この顔は……知り合いでございます！　この顔は八兵衛――兄さんだ！」

「そうか。親族なら、遺体を引き取るように」

「いえいえ、滅相もない。あたしには、そんなこと……できません」

「なぜだ？」

「だって、八兵衛さん本人が高輪《たかなわ》の家にいるんだから、遺体はその本人に引き取ってもらわないと……あたしなんかじゃ、恐れ多くて」と狼狽《ろうばい》のあまり、頓珍漢《とんちんかん》なことを言い出す七兵衛さん。

「ん？　何を言っておるのかわからんが、ほかに引き取り手がいるのなら、すぐに知らせて、遺体を取りに来るように言ってこい」

「へいーっ」

――ってんで、七兵衛さん、八兵衛さん宅まで、素っ飛んで帰ります。

「ててて、てえへんだー」

長屋の家では道絡さんと八兵衛さんが世間話をしている最中でございました。驚いた道絡さんが振り返ります。

「なんだ、どうした、七兵衛さん？」

「帰りが遅いから心配していたとこだぜ」と八兵衛さんも曇り顔で応じます。

「いや、兄さん、永代橋が崩落して――」

「なに、怪我したか？」

「いや、あたしは、橋の手前で引っかかって、一杯飲んでいたもんで、惨事は免れたが、永代橋を渡ってた祭礼目当ての人たちが大勢落っこちて、土手はもう魚河岸の鮪《まぐろ》みていに、ずらっと水死体が並んでる」

「嫌な譬《たと》えだね、どうも……」

「それでさ、その水死体の中に兄さんの──」

「えっ？」

「あ、兄さんの遺体があったんだよぅ！」

「はあ？」ぽかんと口を開ける八兵衛さん。「おいらの遺体？　──んなわけねえだろっ。おいら、ここでピンピン生きてるじゃねえか」

「ええ、それだから、お役人にも、ピンピンしてるはずの本人に遺体を引き取らせますと言って、急いでここへ戻ってきたんだ」──と、まだ頓珍漢なことを言っている七兵衛さん。

「まあ、落ち着け」と、道絡さんが口を挟みます。「八兵衛さんは、確かにここにおって、ずっとわしと話をしておった。よって、永代橋の遺体が、八兵衛さんのはずはない。あんた、確かに見たのか？」

「へえ、菰をめくって出てきた顔は確かに……あたしとそっくりの顔。でも、あたしはこうして生きているんだから、遺体は八兵衛——兄さんのものとばっかり——」

「お前さん、飲んでいたというが——」

「いえいえ、あれっぱかしの酒で幻は見ねえですよ。あれは確かに兄さん……いや、そうでなくとも、俺たちと同じ顔だったことに間違いはねえ……」

「ふぅむ、では、またぞろ影法師——分身が現れたというわけかな……」

「勘弁してくださいよっ」八兵衛さんが泣き顔で申します。「影の病の蒸しっ返しですか。そんな、恐ろしい——」

「そうさな」道絡さんが藪睨みの目で八兵衛さんを一瞥《いちべつ》します。「だとすると、お前さんが思っているより、もっと恐ろしい事態になっとるかもしれん」

「もっと恐ろしい……？」

「そうじゃ。もし、この事不思議が影の病の結果だとすると……永代橋に、あんたと同じ顔の遺体が上がったということは、今、我々が恐ろしい事態にあることを意味する……」

「お得意の斟酌ですか？　——して、その恐ろしい事態とは？」

「影の病は、確か、それに罹ると、自分の分身を目撃して、そのあと、その本人が死を遂げる——ということだったな？」

「あっ」と、珍しく八兵衛さんがその先を察知します。「……永代橋で俺たちと同じ顔の奴が死んでるってことは……あっちが本物で、どこかで俺たちを目撃したから、死んじまったってこと？　でもって、俺たちのほうが奴の分身——影法師だって言いたいんですか？」

「これを影の病とするなら、そういう逆転の解釈も成り立つかと」

「ああ……勘弁してくれぃ、ご住職、おいらもう、こんがらがって、本当に頭がおかしくなりそうだ」

しかし、道絡さんのほうは、いたって冷静に、

「まあ、そこつの使者が見てきたことだ。これから、みんなで永代橋へ行って、自らの目で確かめてからでないと——」

と、言いかけた時、入り口に立つ人影が——。

「ごめん」

見ると、白鉢巻の出役姿のお侍でございます。隣には御用聞きの姿も——。

「拙者、南町奉行より参った定橋掛《じょうばしがかり》の同心《どうしん》で——」

「おお、南町なら——」と道絡さんが即座に反応いたします。「例繰方《れいくりかた》に狩場蟲斎《かりばちゅうさい》というご仁がいるのをご存知か？」

「はあ、狩場様なら存じ上げておりますが」

「拙僧の知り合いでの」

「そうでしたか」

「北町奉行のほうには、同じ例繰方に仙波阿古十郎《せんばあこじゅうろう》という顎の張った究理の才に長けたお方がおりましてな、そちらは――」

道絡さんの言葉を同心が遮って、

「えへん、楽屋オチはそれくらいにしていただいて。話が先に進みませんので」

「それはすまんかったの。ま、ささやかな読者奉仕じゃよ」

同心は取り合わず、性急に用向きを述べます。

「それがしがこちらへ参ったのは、七兵衛という人の親族がこちらに住まわれていると聞いて――」

「へえ」と八兵衛さんが答えます。「七兵衛の兄弟の八兵衛と申します」

同心は頷きながら、

「そうですか。先ほど永代橋が崩落しましてな。そのお報せで参った」

「へい、橋が壊れたのは存じておりやす」

「それで橋に詰めかけた多くの者たちが川に落ちて、今、遺体が次々に上がってきておるのだが、検分の結果、その中の一体の身元が、こちらに投宿中の七兵衛さんという人であることが判明したもので――」

役人が最後まで言い終わらないうちに、ずでーんという鈍い音が土間に響き、一同がそちらを見ると、卒倒した七兵衛さんの姿が、そこに――。

立ち上がることもできないほどの衝撃を受けた七兵衛さんを床に入れて寝かしつけると、役人に急かされていたこともあって、八兵衛さんと道絡さんのふたりで遺体を引き取りに行くことと相成ります。

相変わらずの永代橋前の人込みを掻き分けて、菰を被せられた水死人が並ぶ場所にたどり着いたところで、八兵衛さんが恐る恐る役人に尋ねます。

「あ、あのぅ、七兵衛……と言われている遺体を引き取りに来た者ですが……」

役人は台帳をめくりながら、顔を上げもせず、

「あー、七兵衛の遺骸なら……そこの右から三番目ね」

言われた通りの菰をめくって、へっぴり腰で、遺体の顔を覗き込みます。

「あ……これ、やっぱり、おいらと同じ顔だなぁ」

横から覗き込んだ道絡さんも、「眉が八の字に垂れているし、締まりのない口元も

……まさに、うっかり八兵衛の顔じゃなぁ」

「お役人は、これを七兵衛だと言うけれど、ご住職、七兵衛の奴は、ウチの床ん中にいて、確かに息をしてましたよね」

道絡さん、もう面倒くさそうに、

「ふううむ……長屋に置いてきたのが確かに七兵衛さんだとすると、やっぱり、その遺骸はお前さんのものということになるのかのぅ」

そばで見ていたお役人が、「ほら早くせんか。あとが詰まっておるのだ」と気短に促します。

「でも、どうやって、こいつを運んだら――」

「大八車《だいはちぐるま》は用意してこなかったのか?」

情けない顔で頭《かぶり》を振る八兵衛さん。

「へえ、大八車は、芝高輪《しばたかなわ》が発祥ですが、あいにく、そこまでは気が回らず……いま押せるのは横車ぐらいのもんで」

「嫌な車を押す奴だね。――それじゃ、ともかく抱きかかえてでも、この人垣の外に出してくれ。そのあと大八でも大七でも調達すればよい」

「大七って……ずいぶん、いい加減なこと言うね」

「おい。早くしないと、この陽気だ、腐り出して蝿《はえ》がたかるぞ」

「ひえぇぇ。やります。やりますよぉ」

と、遺体の後ろから脇の下に腕を差し込んで上半身を抱きかかえます。そこで、八兵衛さん、途方に暮れた顔になって、こう呟きます。

「この遺体が八兵衛なら——それを抱えているおいらは、いったい誰なんだろう、……？」


——と、お馴染み、そこつ者の間抜けオチで締めとなってもよろしいのですが、実はこの話、この後にさらに奇っ怪、驚愕の展開が待ち受けておりましてな。

八兵衛さんが遺体を抱きかかえるそばで弔《とむら》いの祈禱をしていた道絡さん、それが終わると、藪睨みの目を細めながら、台帳を見ている役人に声をかけます。

「そこの三番目の遺体の関係者でありまするが——」

「うむ」

「あの遺体の身元が七兵衛というお人だと判明した旨《むね》、お役人様から聞き及びましたが、何を根拠に、そう判断されたのでしょうか？」

「ん？　七兵衛の身元……おお、忘れるところだった」そこで、袂から取り出したものを道絡さんに差し出します。「――これが、遺体の懐から出てきて」

「これは……紙入れですな」

「その中に通行手形が入っていてな、そこに氏名や江戸での投宿先が書いてあったから」

湿った紙入れを検《あらた》めた道絡さんが、

「……はい。この紙入れの中の書付けには見覚えがあり申す。ウチは七兵衛さんの江戸の親族の旦那《だんな》寺《でら》をしております関係で、七兵衛さんのあさっての旅立ちのために、拙僧が発行してやったものですじゃ」

「あ、そう」と素気なく頷くお役人。そして、ついでのようにこう付け加えます。

「その紙入れの中には、一分銀が挟まれておったからな、帰りに巾着《きんちゃく》切りに掏《す》り取られたりしないように」

「掏摸《すり》でございますか？」

「そう、深川の祭礼と橋崩落後の野次馬の人込みを狙って、ここいらには、江戸じゅうの掏摸が出稼ぎに来ておる。ま、不幸が重ならぬよう気を付けなされよ」

「はい、ありがとう存じます」

と、禿頭を下げた道絡さんでしたが、顔をあげたときには、細い目をカッと見開いておりました。

道絡さん、遺体を持ち上げるのにまだ四苦八苦している八兵衛さんの肩越しに尋ねます。

「お前さん、さっき家で七兵衛さんを寝かしつけた時、衣服を検めたか？」

「へえ、煙草入れを外したりとか、ざっとは」

「何かおかしなところは？」

「――おかしな……ああ、そう言えば、奴の懐に紙入れがなかったんで、どっかに落としてきたのかと思いましたが……」

「ふむ、それでわかった」

「わかったって、何が？」

「家に置いてきた奴は生きているホンマもんの七兵衛さんということで、ええじゃろう」

「じゃ、この遺骸のほうは？」

「おおかた、祭礼の見物人目当ての掏摸」

「掏摸……」

「七兵衛さんは、永代橋近くで、こいつに紙入れを掏られた。そのあと、掏摸は七兵衛さんの紙入れを懐に入れたまま、橋の崩落でドボーンと川に落ち……それで、引き上げられた水死体の紙入れの中の通行手形を検めた役人は、遺骸を七兵衛さん本人と思い込んでしまった、と」

「あ、なーる……じゃ、この遺骸は、影法師とか分身の類じゃなかったんですね」

「うむ、霊や魂の類ではなく、生きていた実体ある掏摸稼業の男のはずじゃ」

「ああ、よかった」といったんは安心した八兵衛さんでしたが、すぐに顔色を変えて、「――でも、ちょっと待ってくださいよ、ご住職。掏摸だろうが何だろうが、こいつの顔が俺たちと同じ顔であることに変わりはねえ。事不思議は、依然として残りますよ」

道絡さんは、それには直接答えずに、こんなことを訊き返します。

「なあ、八兵衛さん、あんた、本当に七兵衛さんの兄なのか？」

「へ？　……七兵衛の奴がそう言うから、そうだと……」

「双子は、あとから生まれたほうを兄とするというのが世間の風潮のようじゃが、生まれた後先は、今となってはわからんし、第一、双子の兄弟《あにおとうと》の決め方はいい加減なものので、はっきり定まっておるものでもない。そのことよりも――」道絡さんは顎をさすりながら、「わしが引っ掛かったのは、兄弟の名前の順番のほうじゃ」

「名前の順番？」

「兄弟の名前を数の順番でつけることがあるじゃろう。例えば、第一子が一郎、次男が次郎、三男が三郎というように――」

「はいはい、わかります。――ってえことは、生んで名付けた親の考えとしては、名前の数字の順番が先の七兵衛のほうが兄さんで、八のおいらのほうが弟だと？」

道絡さん、頷きながら、こう申します。

「複数の子供が生まれたお前さんの両親のほうも、多分、混乱して取り違えたのか、あるいは顔が同じだから、手元に残すほうと里子に出すほうと、兄弟《あにおとうと》のどちらでもよかったのじゃろう」

「いい加減な親だね、どうも」

それから八兵衛さん、再び顔を曇らせて、

「兄弟の順序の件はわかりましたが、やっぱり、おいらが抱えているこの同じ顔の遺骸は誰なんだろうって事不思議は残りますよ」

道絡さん、溜息をつきながら、こう申します。

「ああ、それな……それについては、わしは、やっぱり影の病などという妄説は採らんことにしたい」

「でも……」

「般若心経六句朗流《ろくンろうる》の真言を思い出すのじゃ――『♪　苦しみも辛さも全てはいい加減な幻さぁ』『♪　苦しみとか病とか、そんなモンにこだわるなよ～』『♪　見えてるものにこだわるなぁぁ～』じゃよ」

「そんな無責任な～」

「無責任ではない。般若心経の智慧は、青空のように明快な衆生の智慧を導いておる――『世の中に、自分そっくりの人間が三人はいる』という、な」

「ええーっ、じゃ、こいつは世の中にいる二人目のそっくりさん？」

「そう……いや、もっと精確に言うなら、ご両親はお前さんたちの出生について、さらにもう一枚隠し事があったと」

「じゃ、もしかして……あっしらは、双子じゃなくて三つ子だったと言いたいんで？

……でもって、あっし以外のふたりが里子に出されていた……と」

「それが一番わかりやすい解なりと」

「うへえ、影法師も嫌だが、一人っ子だと思い込んでたのが、いきなり三人兄弟ってのも、胃もたれがしそうな話ですねぇ。……するってえと、こいつの名前は――」

弁才無碍《べんさいむげ》たる坊主が、したり顔で申します。

「うっかり八兵衛、すっかり七兵衛の順番・系譜を遡って、そっくり六兵衛かと推察する」

――と、新たな『合わせ』オチで、この噺を締めてもよいのですが、どうして、こんなものでは終われません。

改めて六兵衛なる遺骸を抱え直した八兵衛さんの前に、ゆらーりと現れたる人影が――松明《たいまつ》の灯に照らされたその顔を見た八兵衛さんが、もう何度目なのかわからないという、びっくり仰天の態《てい》で叫びます。

「おお、おめえはっ！　またぞろ、おいらと同じ顔の……」

そばで見ていた道絡さんが申します。

「複数の赤子が生まれ得るのなら、三つ子以上ということも考えられよう――八、七、六――と来れば順番から言って……」

「五兵衛？」

「へい」目の前の同じ顔が答えます。「――これまで独りで誰にも頼らず、間違いもせず、生きてまいりやした」

「ああ、しっかり五兵衛さんね……」

その人物の陰からもう一人の人影が現れて――。

「また同じ顔だよ」

そいつが「定刻通り参上いたしました」と、きりっとした口調で申します。

「はいはい、あんた、きっかり四兵衛ね」

その人物の陰からまた一人飛び出して、ぷりぷり怒りながら、

「あの落語家、名人だっていうから聞きに行ったんだが、ありゃあセコだ――全然ダメだったね」

「その気持ちわかるよ、がっかり三兵衛さん」

その人物の背後から、また新たな人物が現れ、夜空を仰いで唄い出します。「♪月がぁ〜出た出ぇた〜」

「――その唄、時代が違うような気がすんだが……まあ、いいか。月が出たって……ああ、ぽっかり二兵衛さんね」

そこで、今度は抱えていた遺骸がカッと目を開き、不服そうにこう申します。

「ちょっと、あんたら、『〜っかり』尽くしやってるなら、俺のさっきの名前、間違ってるだろっ。『そっくり』六兵衛ってのは、『〜っくり』で『〜っかり』じゃねえ」

「うるさいね、掏摸の遺骸のくせして、お前てえものは、ヒトに寄りかかっといてウ

ダウダとダメ出しなんかを言いやがる。お前みてえに図々しい奴は、ちゃっかり六兵衛に訂正だっ」

そこで八兵衛さん、生ける屍《しかばね》を放り出して、いよいよ頭を抱えます。

「あぁあぁ、いつまで続くんだ、この影法師地獄は……おいら、いったい幾つ子なんだよ〜〜」道絡さんのほうを見て、「ああ、ご住職、なんとか言ってくださいよぅ。同じ顔ばっかりゾロゾロ出てきて、もう頭がおかしくなりそうだ」

道絡さん、それには答えずに、なぜか自分の禿げ頭を指さしております。その顔をよくよく見れば、あれ面妖《めんよう》なり、他の連中と同じ八兵衛さんの顔に変化しており――。

事ここに至り、八兵衛さん、絶望的な呻《うめ》き声を漏らします。

「うぐぅぅ……あんた、ぴっかり一兵衛」

――と、一目《ひとめ》あがりの梯子《はしご》オチに連続地口に合わせオチということで、締めとしてもよろしいのでございますが、このお話、さらにしつこく、オチの連打の雨あられが続きます。

……うぐぅぅぅ……（おい、起きろよ）……ううぐぐ、同じ顔の影法師はもう勘弁してくれぃ……うう……（おい、目を醒ませ。起きろったらっ）……ああっ！

――がばっと起き上がると、そこは永代橋ではございません。はねのけたのも菰ではなくせんべい布団、見慣れた長屋の住処でございます。

「あ……ああ、夢だったのか……まあ、そうだよなぁ、あんな、おいらと同じ顔の影法師が七人も現れるなんて、夢じゃなきゃ……しかしなぁ……夢オチとはお粗末なもんだね。戯作でも落語でも、夢オチってのが一番がっかりなんだよな……ん？　それはともかく、夢から醒める時、誰かが起きろ、起きろ――って呼んでいたようだったが、はて誰が――？」

と、首を回しますと、床の端のところに、胡坐《あぐら》をかいている男の姿が。その顔を見て、びっくり仰天いたします。

「ああ、で、出たぁぁ！」

「月が？」

「違うって。おめえのその顔、おいらの顔とそっくり同じじゃねえかっ」

「そうだね」

「おめえ誰だ？　そこで何してる？」

「おいらは八兵衛だ。おめえが、うなされて苦しそうだったから、起こしてやったんじゃねえか」

「何言ってやがる……畜生、またぞろ影法師の悪夢だなっ。おいっ、これはまだ夢ん中のことなんだろ？」

「同じ顔が二つなんて可笑《おか》しな限りだから、まあ、夢……なんだろうな」

「ふん、やっぱりそうか。ああ……夢なら早く醒めてくれぃ……」

「そうはいかねえよ」

「なぜだ？」

相手は不気味に嗤《わら》って、

「だってこれは、おいらの見ている夢なんだから……」

猫屋敷呪《じゅ》詛《そ》の婿入り

落語魅捨理全集六

えー、猫というのは、まことに不思議な動物でございますな。犬と共に人間の好む二大ペットとして愛玩され続けているいっぽう、むかしから「猫は魔物」とか言われて忌み嫌われるなんという風潮もございました。

猫がこんな風に魔物視されたのは、猫が夜行性で眼が光り時刻によって瞳の形が変わる、暗闇で背中を撫でれば静電気で光る、行燈《あんどん》の油や血を舐めることもある、足音を立てずに歩く、温厚と思えば野性的な面を見せることもあり、犬と違って行動を制御しがたい、爪が鋭い、身軽さや敏捷性といった性質がある――等々の属性に由来するものかと存じます。

こうした事とは別に、猫を避ける理由として、《猫アレルギー》というのもございます。これは、猫の発する抗原物質が人間の体内に入ると、それに免疫系が過剰反応・暴走いたしまして、さまざまな体調不良――目のかゆみ、咳、鼻水、皮膚の発《ほっ》赤《せき》、喘息《ぜんそく》――を引き起こすというものでございます。こうした症状を引き起こす猫の抗原は極めて微小で、花粉や埃よりさらに小さいそうですから、広く認知されております花粉症よりもまだ始末が悪いのかもしれません。

猫アレルギーは、猫の好き嫌いとは関係ない体質の問題ということですが、心の問題として猫を忌み嫌い、恐れさえする《猫恐怖症》というものもございます。これは、幼時に猫が関係するトラウマ体験をされた方が心理的・神経症的に猫を恐れるようになるということでございますな。まあ、猫アレルギーで猫を忌避していた心理が昂じて猫恐怖症に陥るというケースもあることでしょうから、ふたつの症状を併せ持つ方がいても不思議ではないかと思われます。

さて、江戸の昔にも猫アレルギーは存在していたようで、古い文献の中に、《猫風邪》とか《猫喘息》とかいう言葉があるということも仄聞《そくぶん》しております。また、当時は喘息に効果がある薬として、なんと烏猫《からすねこ》を食していたという記録も残されているのだとか。――烏猫とは黒猫のむかしの謂《い》いでございます。

こんな風に愛玩されているかと思えば、逆に食われてしまったり……猫に言わせれば、人間の気まぐれな振る舞いのほうが、よほど『魔物』だということにもなりましょうか。

今回は、《猫喘息》持ちの男が、猫屋敷に婿入りする顛末《てんまつ》についての一席でございます。

処《ところ》は、高輪《たかなわ》の大工の棟梁大五郎《とうりょうだいごろう》さん宅。棟梁が文福寺《ぶんぷくじ》住職の無門道絡《むもんどうらく》師と歓談をしているところへ、棟梁の甥っ子の与太郎《よたろう》さんが訪ねて参ります。

「おい、誰だい？　その戸口んところで、首を出したりひっこめたり、ろくろ首みたいにしている奴は？」

「あたいだよ」

「なんだ、与太郎じゃねえか」

「叔父さん、いるな」

「叔父さんに向かって、いるな——は、ねえだろ。ご住職もいらっしゃるのに、挨拶ぐらいちゃんとしねえか」

「んじゃ、さいなら」

「さいなら——って、来たばかりで、帰《けえ》るのかい？」

「だって、挨拶といえば『さいなら』と教わった」

「それが馬鹿の一つ覚えだてんだよ。来た時は、こんにちは、ご機嫌いかがですか？

――とか言うんだよ」

「んじゃ、こんちは。ご機嫌いかがなものかと……」

「ああん、そうじゃなく……まあいいわ。こっちへへえれ」それから道絡師のほうを見て、「どうも、すいません、体ばかりでかくて、ここは――」と、頭を指さします。「子供並みのままなもんで」

「いやいや、これが噂に高い与太郎さんなのかと感心して見ておりました」

「え？　こいつ、そんなに評判が高いんで？」

「うむ。与太郎といえば、落語界きっての魯鈍《ろどん》だと」

「は？　ラドン？」

「羅貪《ラドン》は、阿蘇山中に生息する翼を持つ伝説の神獣じゃっ。魯鈍というのは、暗愚《あんぐ》のことを言ってるのであって――」

「いや、甘いのは苦手で……」

「それは、餡子《あんこ》でしょうが」声をひそめて、「馬鹿のことを、気を使って、遠回しに魯鈍とか暗愚とか言ったんじゃよ」

「あ、ああ……そりゃそうです。こいつくらいの馬鹿はいねえと、あきれを通り越して誇らしく思うくらいで」

と、叔父さんのほうも、たいがいなもんであります。

「おい、与太郎、突っ立ってねえで、そこへ座れ。――で、何か用事か？」

「あい。用事というか……相談があって来た。叔父さんの男を立ててやろうと思って」

「ひとに相談を持ちかけといて、偉そうに言うねえ」

「立てるのが駄目なら、男を倒そうか？」

「なおさらいけねえ。――で、おめえの話の……中身は？」

「中身？　中身はねえ。おっかさんにいつも、お前は中身がないと言われてらぁ」

「そりゃ、お前の頭の中身のことだろう」

聞いている傍らで道格師が、ほくそ笑みながら、「おお……聞きしに勝る魯鈍ぶり……たまらんな」と呟きます。

「こないだはね、中身があったんだ」と、自分の腹のあたりを指さす与太郎さん。

「どういうことでい？」

「うん、山勝《やまかつ》さんとこの大掃除の手伝いに行かされて――」

「たまには、役に立ったか？」

「いんや。寝坊して、行った時には、もう終わってた」

「なんだ、駄目じゃねえか」

「いや、役に立ったよ。居間に鰻重《うなじゅう》が五つばかりあったもんだから、あたいひとりで食って片しといてやった」

「馬鹿、それは手伝いをした人たちへの振る舞いだ。ひとりで食っちまう奴があるかっ」

「うん。あたいの腹は中身いっぱいで、パンパンでパチンと音がしたから、腹が破けたかと思って肝を冷やしたら、褌《ふんどし》の紐が切れただけだった」

「しょうがねえな。山勝さんに叱られただろう」

「ああ、なんか、うだうだ言うから、鰻重片してやったのに、恩知らずだなと言って帰ってきた」

「お前てえものは……世界中を敵に回すよ」

「うだうだ言ってないで、あたいの相談事を聞いたらどうだ？」

「腹立つ奴だな。おめえが余計な事ばかり言ってんじゃねえか」

「あたいも、今年で二十五になった」

「うん、早《はえ》えもんだな。頭の中身が五つ、六つのガキのまんまだから、気づかなかった」

「この調子でいくと、来年は二十六だ」

「どういう調子でも二十六だよ」

「ついでに頭の中身も七、八になる」

「そっちは、どうだかな」

「兄《あに》さんは三十二だけど、三年前におかみさんを貰った」

「善吉はおめえと違って、しっかりしてるからな。あいつと夫婦《めおと》になりゃ、女のほうも幸せだろう」

「その幸せが息苦しい」

「なんだとっ？」

「兄さんたち夫婦と一緒にご飯《ぜん》食ってると、おかみさんが兄さんのことを『あなたや』なんて呼ぶんだ」

「そりゃ、あのかみさんは、職人の女房にしちゃあ、おとなしいほうだから、あなたや——ぐらいは言うだろう」

「おっかさんは、あたいのこと、あなたやとは言わない」

「そりゃ、自分の倅《せがれ》のことをあなたや——なんて呼んだら気色わりいや」

「あたいを呼ぶ時は、与太とか、馬鹿助とか……」

「それに、魯鈍とか餡子とか付け足してもらえ」

「そんで、ご飯のあと、寝る段になると、兄さんとおかみさんはふたりきりで寝間に――」

「そりゃ夫婦なら当たりめえだろ」

「あたいは、おっかさんと離れで寝るんだが、おっかさんの奴、『あなたや』も言えねえくせして、歯のねえ大口開けて、鼾《いびき》ガーガーかいて寝てるんだ。その皺《しわ》くちゃのきたねえ顔見てると情けなくなってきて、つい鼻口を押えたくなる……」

「バカヤロ、親を殺してどうするんだよっ！」

「とにかく、家にいると息苦しいんだ」

棟梁が頷《うなず》きながら、

「……おめえの相談事ってえの、わかったよ」

「やっと、わかったか、ずいぶん察しが悪いな」

「いちいち腹が立つ野郎だな。おめえが遠回しに言うから……つまり、おめえも、そろそろ身を固めておかみさんを貰いてえ――と、こういうことだろ？」

「身のほうは柔らけえままでいいから、おかみさん、貰いたい」

「しかしなぁ……」棟梁は腕組みをしながら考え込みます。「おめえみてえな炭団《たどん》

――じゃなかった魯鈍のところへ来てくれる嫁なんてものがいるかな……」

「あなたや……」

突然聞こえてきた猫なで声に驚いて振り向くと、いつの間にか、居間の隅に、棟梁の女房が座っております。

「なんでえ、かかあ、いたのか。びっくりした。おめえまで『あなたや』病か。気色わりいから、いつもの呼び方に戻せや」

「じゃ、唐変木《とうへんぼく》」

「極端だね、どうも。――で、何が言いたい？」

「いえね、お前さん、男だけで、そういう話してても埒《らち》があかないだろうと――」

「じゃ、おめえに妙案でもあるのか？」

「こんな与太さんじゃあ、確かに嫁の来手はないだろう。だったらさぁ――」

「だったら――？」

「こっちから押しかけりゃいい」

「ん？　婿に入れってか？　それにしたって、こんな足りねえのを……」

「だから、訳アリの、こんな炭団だか魯鈍だかでも、喜んで婿に迎えますって家があるだろう？」

「……ああ」ポンと手を叩く棟梁。「あすこか……」

「そう。芝北町《しばきたまち》の猫柳《ねこやなぎ》屋敷のお嬢様」

「うん、あれがあったかっ」

そこで道絡師が興味を惹《ひ》かれて尋ねます。

「ふむ、芝の猫柳屋敷と言えば、あの材木問屋の――？」

「へい。四菱《よつびし》の伝兵衛《でんべえ》がやっていた……ところが、その伝兵衛さんと御寮《ごりょう》さんが、相次いで亡くなっちまって、近くに係累もないもんだから、唯一の忘れ形見のお嬢さんのことを、盲《めしい》の年取った乳母が、忠実に守り暮らしているんですがね」

「かなり大きなお屋敷だと聞いておるが――」

「へえ。親は財産はたんと残していったから、あんな、庭に小川が流れて猫柳が植わってるような、でかいお屋敷に使用人を置いていても、悠々やっていけるわけでして」

「そんなに裕福なら婿のなり手も多かろうに」

「さあ、そこなんですよ」棟梁は頭を掻きながら、「今まで、ふたりばかり婿入りがあったんだが、ふたりとも駄目でして……」

「ほう、お嬢さんに、何か瑕疵《かし》でも？」

「いや、甘いものは好物らしいんですが――」

「それは食べる菓子。お嬢さんに何か欠点でもあるのかと訊いておるのだ」

「いえ、お嬢さんの三毛女《みけめ》様自身に悪いところはねえと思いますよ」

「ミケメ？」

「へえ、三毛猫の三毛に女と書きます。猫好きだった御寮さんが、三毛猫のように可愛く気高く育つようにと命名されたとか」

「ううむ。なかなか……微妙なご趣味じゃな」

「でも、欠点はないお方で。性格のほうも、猫のように気位が高いということもなく、箱入りの割には我儘《わがまま》なところもなく、上品で大人しいという――あっしも一度お会いしたことはあって……歳の頃はもう二十六、七になろうっていう……言葉は悪いが、世間で言う中年増《ちゅうどしま》の域なんですが、それでも十二分にお綺麗で器量よしなもんで、五歳ぐれえは若く見えるという……。ただ――」

「ただ？」

「お嬢さんも、やっぱり大の猫好きでして……特にご両親が亡くなってから、お寂しかったこともあるんでしょうか、お屋敷内で何匹も猫を飼い始めて、その数もかなりのものになっているらしいんですよ。それが婿たちには気に障《さわ》ったようで……」

「なんじゃ、大の男が猫ぐらい。ウチの寺でも仰山の猫の面倒を見ておるぞ」

「ええ。あっしも普通ならそう思うところなんですが、ふたりの婿には、猫を嫌うそれなりの理《ことわり》があったみたいなんでして」

「猫を嫌う理？」

「猫喘息」

「ああ……そうかい、それはまずかったな。――しかし、猫風邪や猫喘息が辛いのはわかるが、離縁までしなくとも、何か方策はあったろうに……」

「へえ。あっしもそう思うんですが、たまたま、ふたりとも、猫喘息の度合いがひどかったみたいで、それはたぶん、猫恐怖の域だったと……」

「猫恐怖か、さらに厄介な……うーん、それにしても……」

「ひとりは、以前、四菱で番頭をしていた男の倅なんですが、新婚初夜に庭で自害して――」

「なんと？」

「へえ、夜中に半狂乱になって、刃物を振り回し、終いには自分の咽喉《のど》を掻っ切って、自刃して果てました」

「そんな死に方をしたら、奉行所も入ったろうに？」

「南町が来ましたよ。でも検分の時に、気の利く乳母が賂《まいない》を渡したみたいで、まあ、乱心の果ての自害ってことで一件落着、それ以上の詮議《せんぎ》立ては無しと」

「ふむ。――で、もうひとりのほうは？」

「こちらは、呉服屋の次男坊で……やっぱり猫喘息の気味があったらしいんですが、新婚三日目に気が触れて帰された」

「ほう」

「死にはしなかったが、狂の証《しょう》が出てるとかで、妄言を繰り返し、今は実家の蔵の座敷牢の中に入れられているとか」

道絡師が何か言おうと口を開きかけたところで、それまで黙って聞いていた与太郎さんが先に口を開きます。

「あのぉ……」

「なんでぃ、うるせえな」棟梁が癇癪《かんしゃく》持ちらしく、ぴしゃりと叱りつけます。「いま、ご住職と大事な話をしているとこなのに」

「その大事な話なんだけれども……ひょっとして、あたいを、その猫屋敷へ婿入りさせようって魂胆で？」

「魂胆とはなんてえ言い草だ、こういうのは、よいご縁談って言うんだ」

「そら、駄目だわ」

「なぜ？」

「前の婿さん、ふたりとも猫でしくじったんだろ？」

「それがどうした？」

「あたいも、猫喘息なの」

「え？　おめえも……？　そんな弱点があったなんて……おめえ、欠点があんまりにも多いもんで、猫に弱いなんて気が付く暇もなかった」

「あなたや――とは言われたいんだが、これは破談に……」

「なに言ってんだよっ」と、ここで棟梁のかみさんが癇癪を破裂させます。「あんたみたいな、えー……炭団に、こんないい話はもう一生降ってこないんだから」

「でも、猫喘息が……」

「喘息がなんだよ。喘息なんてものはね、烏猫を食えばいい薬になるんだって医者も言ってたから――」

「え？　ね、猫を食うのか？」

「そうだよ。お屋敷には、うようよいるんだろ、猫が？　一匹ぐらい食っちまっても、わかりゃしないよっ」

と、とんでもないことを言い出すおかみさんでしたが、ともかく棟梁夫婦の強引な説得によって、この不肖の甥っ子は、猫屋敷の縁談をしぶしぶ承諾させられることとなります。

さて、お見合いの日取りも決まったところで、与太郎さんの日頃の奔放な言動が心配になった棟梁、しくじりがないようにと、当日の稽古をつけることにいたします。

「先方は、二度の離縁で、もう後がないから、この縁談、なんとか調《ととの》うとは思うんだが、ともかく婿入りが決まるまで、与太郎、おめえの炭団がバレねえように稽古をつけとかなきゃあな」

「あい。あたいは――」

「その、あたい、というのはよせ」初《しょ》っ端《ぱな》から引っかかる棟梁。「あたいなんてえのは、幼い禿《かむろ》さんなんかの使う言葉だ」

「じゃ、拙者は」

「お武家じゃねえんだ」

「じゃ、ボクちんは――」

「馬鹿丸出しに逆戻りだ」

「稽古は疲れるな」

「それは、こっちの言う科白《せりふ》。まあ、いい。――次、挨拶に行くぞ。先方の後見の乳母さんは、盲の身ながら、元は武家の出の教養深いお方だ。挨拶ぐらいちゃんとできねえと、見くびられることになる」

「目が見えねえのに、見くびられたりするものか？」

「馬鹿のくせに、揚げ足だけは取るね」

「足は揚げてねえ。座ってる」

「うるせえ、それが揚げ足取りてんだ。話が先に進まねえんだよ」

「あい～」

「で、対面した乳母さんが、『こんにちは。結構なお日柄でございます』てなことをおっしゃるとする。そうしたら、そうさな……『さよう、さよう』とでも言っておけ。鷹揚《おうよう》に聞こえていいからな――」

「『さよう、さよう』――簡単でいいな。それから？」

「先方は『ただ今のお話が纏《まと》まりましたならば、お亡くなりになりましたご両親様も、さぞかし草葉の陰でお喜びでございましょう』とか仰るだろうから、こちらは……『ごもっともな次第でございます』と受け――」

「長《なげ》えな。覚えきれねえかも」

「しょうがねえな。じゃ、さっきみたいに簡単に『ごもっとも、ごもっとも』と受けておけ」

「あい。ごもっとも、ごもっとも。それから？」

「先方はこの話に気乗りのはずだから、『つきましては、手前のような年を取りましたる者は、お役に立ちませんので、お気の毒ではございますが、どうぞ、行く末長くお願いいいたします』――ぐらいのことは言うかもしらん。そう来たら、なかなかどういたしましてという心持ちを前面に押し出して――」

「簡単に頼む」

「わかってるよっ。そう来たら、『なかなか』と返しとけ」

「あい。それから？」

「ふん、どうせ、それ以上は覚えられんだろうから、これくらいでいいだろう」

「三つ覚えでいいのなら簡単だな」

「ほんとか？　じゃ、おさらいするぞ。乳母さんがこう言ったら、どう答える？

――『つきましては、手前のような年を取りましたる者は、お役に立ちませんので』」

「さよう、さよう」

「かーっ、駄目じゃねえか」

「ごもっとも、ごもっとも」

「もう絶望的に駄目だね」

　そこで、棟梁が、おかみさんを呼びます。

「おい、かかあ、こないだ、近所の子供が置いていった毬《まり》があったろ？　あれ持って来い」

　おかみさんが持ってきた手毬を片手に、もう一方の手で与太郎さんの帯を解きにかかります。

「あれ〜、叔父さん、何するんだ？」

「こうしねえと、お前の頭の働きだけじゃ信用できねえから……ほら、この紐をおめえの褌に括《くく》り付けてだなぁ——」

　そう言いながら、褌に括り付けた紐を着物の袖をくぐらせて袂から取り出し、手毬と結び付けます。

「こうしてな……先方が何か言ったら、俺が手元で手毬を引っ張る。するとおめえの褌に動きが伝わる——それが合図だ。一回で『さよう、さよう』。二回で『ごもっとも、ごもっとも』。三回で『なかなか』と返事をするんだ。どうだ、わかったか？」

棟梁が手毬を二回引きます。

「ごもっとも、ごもっとも」

「よろしいっ。あしたは、おっかさんに言って、一番いい着物を着せてもらって来い。ご飯食い過ぎるなよ。腹が膨れて褌の紐が切れると仕掛けが台無しだからな。さあ、わかったら帰れ。おっかさんが、首を長くして待ってるだろうからな」

「首を長くして？　ウチのおっかさん、猪首《いくび》だど」

「馬鹿っ、物の譬《たと》えだ」

「さよう、さよう」

と、不肖の甥っ子を送り出した棟梁でしたが、この時はまだ、自分がとんでもないことを言っていたとは、知る由《よし》もありませんでした……。

——てんで、遠隔操作ロボットと化した与太郎さんと棟梁が、芝北町の猫柳屋敷へと乗り込む運びと相成ります。

立派な客間に通された棟梁が、与太郎さんに、

「どうだい、豪勢なお屋敷じゃねえか。きょう一日、うまくやりゃあ、おめえもここの主人に納まれるんだ」

「でもな、叔父さん、このお屋敷、猫がうじゃうじゃいるじゃねえか。玄関にも、バカでっかいのが一匹でんと座って手招きしてやがった」

「バカヤロ、あれは招き猫だってのっ。置き物だよっ」

「廊下にもうろついてたよ、猫。――ほら、この座敷にも……床の間に真っ黒な烏猫が……あたい、もう鼻がぐずぐず……咳も出てきて……うっ、ゴホッ」

「ここのお嬢さんの愛玩猫なんだから、我慢しろよ。少しの間だから。おめえ、首尾よくここの婿に納まったら、烏猫なんぞは、とっ捕まえて、黒焼きにして食っちまえば、喘息も治っちまうんだから――」

と、動物愛護団体が聞いたら卒倒するようなことを企む、とんでもない婿入り作戦があったもんで。

――なんてな悪だくみをふたりが巡らしているうちに、使用人に手を引かれ、盲の乳母さんが入ってまいります。

「まあ、よくいらっしゃいました。本日はお日柄もよろしいようで……」

棟梁が、すかさず膝元に隠し持った手毬をぐいと引きます。

「ああ……さよう、さよう――でござりまする」

「どうも、恐れ入ります。先般、叔父様とお話をいたしまして、わたくしも安心しております。このご縁談がうまく纏まりますれば、お亡くなりになりましたご両親様も、さぞかし草葉の陰でお喜びでございましょう」

即座に二回手毬を引く棟梁。

「ああ……ごもっとも、ごもっとも……でいいのかな?」

「ほほ、恐れ入ります。ただ今、お嬢様が庭先をお通りになりますから、どうぞご覧あそばして、ごゆるりとなさいまし。では、これでわたくしは……ごめんくださいまし」

「あれ、なかなか——は、いいんですか? ああ、行っちゃったよ」

「おい、余計なこと言うなよ。いまお嬢様が庭先を通るってから、よく見てろ」

「庭なんかねえぞ」

「障子が閉まってるんだよ」

「あ、開いた。不思議な障子だ、ひとりでに開いて……」

「あれは女中さんが開けたんだろ」

「なんだ、女中か」

「なんだとはなんだ。ああいう使用人の方たちも大事にしなきゃあ、良家の婿なんて務まらんぞ。なにぶん、よろしくお願いします、とか挨拶しとくもんだ。それでないと、今度婿に来るお人は、頭が足りねえとか、炭団だとか言われちまうことになる」

「あいあい……おや、大きな庭だね。お山に池に小川まで流れて……ああっ、あすこに猫の尻尾が……うはっ、あすこに仔猫の大軍団が――」

「バカヤロ、ありゃ、猫柳だよ。小川のほとりに猫柳が生えてるぐらいのでかい庭があるから、ここは前から猫柳屋敷って呼ばれてんだよ」

「草木の類《たぐい》ならいいんだが……ああ、叔父さん、さっきの烏猫がこっちへ来て、膝に乗りやがる……ああ、鼻がむずむず……へっくしょい！」

「おいっ、お嬢様手飼いの猫様だ、今は我慢して手出しはするな。もう少しだから行儀よくしてろっ」

「あ、そうか。猫や、なにぶん、よろしくお願いします……」

「猫に挨拶してどうするんだよ。――おいっ、お嬢様が通りなさる。猫を膝から降ろして、静かにしてろ」

「うほっ、あれが……お嬢さんか……いい女だなぁ。兄貴のところの『あなたや』よりずっと綺麗だ……」

「良家のお嬢様は、着ているおべべも上等で、まるで菊人形だわな」

「あれ？　人形なのに、こっちへ歩いて来るぞ……不気味だ」

「バカヤロ、人形ってのは、ものの譬えだろがっ」

「ああ、人形でも妖怪でも何でもいいや……あんなに綺麗な人が『あなたや』って呼んでくれるなら、あたいは本望……ああ、いてっ、はい……さよう、さようっ！」

「おいっ、なに素《す》っ頓狂《とんきょう》な声出してんだっ。ほら、お嬢様がびっくりして後退《あとずさ》りなさって……」

「……ああ、ごもっとも、ごもっとも！　ああ、鼻がむずい……へっくしょん！」

「ああ、お嬢様が顔を真っ赤にして、逃げちゃったじゃねえか」

「ううっ、なかなか……さよう、さよう……ううっ、ゲホッゲホッ」

「もう、そんなこと言わなくたっていいんだって――」と、言いながら棟梁が手元をふと見ますると、烏猫が盛んに手毬にじゃれついておりました。

「ううっ、ごもっとも、ごもっとも！」


――と、大変な騒ぎのお見合いでございましたが、それでも縁とは不思議なものでございますな。こんな縁談がとんとんと纏まりまして、吉日《きちじつ》を選んで婚礼の運びとなり、企みの魯鈍は、まんまと良家への婿入りを果たしてしまいます。

婚礼の宴席で調子に乗って、たら腹飲み食いをしてしまう与太郎さん。初夜の寝間に入る頃には、酔いと満腹で、もう瞼《まぶた》が重くなってきているという体たらく。それでも、寝間が十二畳敷きの広い座敷で、真ん中に延べられた床の枕の向こうには六枚折れの豪華な金屏風が立て回してあるのくらいは、わかります。それにしても、やけに明るい寝間。高い天井の木目まで見て取れるほどでして。はて、どうしたことかと、屏風の裏をのぞき込みまするると、そこには、五つもの大振りの行燈が並べられ、煌々《こうこう》と明かりが燈《とも》っております。

「ああ……あたいの『あなたや』は、恥ずかしがり屋のお嬢さんだから、こんなに明るくして初夜を迎えようってんだな。ウフっ、かわゆい奴よのう……忌々しい猫どもは、寝間に入れるなと女中さんには堅く言いつけてあるし……あとは、ゆっくりふたりだけの夜を……」

——なんて、勝手なことをほざきながら、床に入る与太郎さん。しかし、飲酒に満腹、加えて生来の魯鈍の早寝でございますから、それ以上起きていられるわけがない。お嬢さんが床に入る前から、すでにゴォゴォ〜と鼾をかいて、他愛なく眠りこけてしまいます。

そして、夜もだいぶ更《ふ》けてまいりましたる頃——。

「ゴルルゴロゴロ……フギャ〜〜フゥ〜オゥォウオギィヤヤヤ」

寝間の外から聞こえてくる不穏な鳴き声に与太郎さん、ふと目を醒まします。

——うう、もう勘弁して……これ以上はもう飲めましぇん……ああ、夢か。……なんだ、ここはどこだ？　やけに高い天井がつるんとして……雨漏りの跡もねえぞ……ん？　あ、そうか。ここは、ウチじゃなくて、猫柳のお屋敷にいるんだった。……それにしても、あの嫌な猫の鳴き声、どうなってんだ？　暖かくなってサカリでもついてんじゃねえのか？

——ああ、嫌だなあ……どこで鳴いてるんだろう？　廊下のほうかな？　寝間には入れるなとは言っといたが、大丈夫だろうか……畜生、心細くなってきやがった……こんな時、そばに誰かが……ん？　あ、そうか。いるんだよ、隣にあたいの『あなたや』が寝てるんじゃねえか……どれ、手を伸ばして……うふふ……いるいる。しかし、冷たいお手てだねえ。手の冷てえ女は心のほうは温けえと言うが、どうですか……眠ってるのかな……触っても全然起きないね……しょうがねえな、新婚初夜だってのに何してるんだろね……。

なんて、自分の体たらくは棚に上げて、またも勝手なことをほざいております。

そうして、寝ぼけまなこのまま、天井をぼんやりと見上げていた婿さんでしたが
——

お待たせしました、草木も眠る丑《うし》三つ時の頃合いとなりまして――。

天井を照らし出していた行燈の明かりの一つが不意に消えます。

――あ……消えた……油が切れたのかな……。

そして聞こえてくる不気味な音……。

ピチャピチャピチッピチャッ……。

――なんだ、あの水が弾けるみたいな音は……。

その音は、どうやら寝間の内部、床の周りに立て回している六枚折れ金屏風の向こうから聞こえてくるようでございます。

ピチャピチャピチュチチトゥルルル……。

――音は、行燈のほうから聞こえてくるよ……まるで、消えた行燈の油を舐めてるような音じゃねえか……ああ、音だけじゃなくて、なんか……生臭い匂いもしてるな。うへっ、まさか猫がへえってきて……舐めてるとか……ううっ……こんな夜中に行燈の油を舐めてるとしたら、ただの猫じゃなく化け猫……小さな猫だったら、あんな大きな舐め音をたてるわけがねえ……ああ、普通の猫だって苦手なのに、相手が化け猫となったら、どうすりゃいいんだよ……ううっ、怖いよう……。

ピチャピチャピチュチチュチュルルル……。

――ああ、逃げたいんだが、なんか身体が金縛りにあったみてえに、言うこと聞かねえ……ああ、どうしよう……このまま、目をつぶって……そうだ、寝たふりしてれば、見逃してくれるかも……そうだ、そうしよう……。

てんで、目をつぶって寝たふりをしているうちに、そのまま本当に眠りこけてしまうという、情けない婿殿でございました。

翌朝早く、再び目を覚ました与太郎さん。横になったまましばらく夜中の不気味な出来事は夢だったのかしらんと、記憶を反芻《はんすう》しておりましたが、俄かに不安に襲われ、まだ眠っている新造《しんぞ》を起こさないように、そっと床を抜け出して、六枚折れ金屛風の背後に回ります。そこで与太郎さんが目にしたのは、悪い予想どおりのものでした。五つあるうちのふたつの行燈には、まだ仄かな明かりがありましたが、中に並んだ三つは開けられていて、それぞれの火皿は乾いていて油の一滴も残ってはおりませんでした。

――やっぱり、昨夜のうちに、舐め取られたんだ――あの恐ろしい化け猫に……。

与太郎さんは、もうこんなところにはいられないと、眠っている新造を起こすこともせず、ひとり猫柳屋敷からほうほうの体で出奔したのでした。

処変わって、文福寺の法堂《はっとう》。与太郎さんと棟梁が住職の道絡師を訪ねて話し込んでおります。

与太郎さんが語る新婚初夜の恐ろしい体験談が終わったところで、棟梁が申します。

「――てなわけで、こいつが猫柳屋敷を抜け出して、あっしのところへ逃げ込んできたってわけで。それで、話を聞いてみると、大行燈の油を三皿も舐め取るとは、これはやっぱり、化け猫の仕業に違いないということになり、相手が魑魅魍魎《ちみもうりょう》の類なら、最早、徳を積んだお坊様――ご住職のような方のお力を借りるしかないと、こちらへ参りました次第で」

「んん、まあ……」と、まんざらでもない様子で藪睨みの目を細める道絡師。「そういうことなら、拙僧に話を持ってきたのは、正しい選択ではあると思うが……」

「では、化け猫退治に、なにか良策でも？」

「まあ、待たれい。相手は、名のある良家、しかも、そこの与太郎さんとせっかくの縁組が調ったばかりじゃ。慎重にことを運ぶべきではないかと思うぞ」

「でも、与太郎のほうも、きょう中には屋敷に戻らなきゃならんだろうし……」

「ふむ。じゃが、仮に化け猫が、屋敷に跳梁《ちょうりょう》しているとしても、法力《ほうりき》をどこに用いるかがわからんと、な」

「――と言いますと？」

「つまりな、その化け猫自体に法力を当てたとしても、大した効果は見込めないというこ と。法力を当てるべき対象は、実は化け猫を動かす呪詛にあるからじゃ」

「呪詛……？」

「そう。この縁談の話を聞いておった時から、少々の懸念があったのだが、あの猫柳屋敷、両親も含めて死人が多く出過ぎていやせんか？」

「へえ、そう言われれば……」

「――ところで、ご存知の通り、肥前国佐賀《ひぜんのくにさが》の鍋島《なべしま》家を恐怖に陥れた化け猫騒動の実態は、領地を奪われ屈辱を受けるなどした龍造寺《りゅうぞうじ》氏の鍋島氏への遺恨が、怪猫に化身して出来《しゅったい》したるもの」

「すると、今回の化け猫騒動の裏にも、そうした遺恨や呪詛の類があると？」

「ふむ、お嬢さんのご両親の相次ぐ死、そして、婿のひとりは死に、もうひとりは狂い、そしてここに、新たに婿に入った与太郎さんも恐怖に陥れられておる――と、これはもう猫柳屋敷末代まで祟ろうという縷々《るる》たる遺恨・呪詛が感じられるのじゃが
……」

「なるほど。それじゃあ、猫柳屋敷の過去を探らなけりゃなりませんね？」

「両親の死の経緯はどうなんじゃ？」

棟梁が頭を掻きながら、

「いえ、あっしも実は、あれから気になって、見合いの後から、それとなく周辺に探りを入れていたんですが、父親の伝兵衛は、やはり変死でして……」

「ほう、どういう？」

「……それが、近隣の噂によると、最初の婿と同じように、乱心して刃物を振り回し、遂には例の猫柳の庭で自らの首を突いて自害したと――」

「そういう死に方なら、当然、奉行所も入ったろうな」

「へい。でも、順番は前後しますが、最初の婿の時と同じように、乳母が同心に賂を渡して、深い詮議立てはしないように画策したのだとか。結局、商いの悩みか何かで自害したって話で一件落着」

「では、母親のほうは――？」

「御寮さんのほうは、夫の変死のあと、ひどく気落ちして寝込んでしまい、気鬱《きうつ》が続いて、終いには妄言を口にするまでに悪くなったらしいんですが、そのうち飲み食いもままならなくなり、とうとう衰弱死に至ったのだとか――」

「気狂いの後の死――いずれにせよ、尋常な死ではないわな」

「やはり、両親の死に因果の種が？」

しかし、道絡師は、それには直接答えることはせずに、問いを重ねます。

「伝兵衛の女関係は――妾《めかけ》か贔屓《ひいき》の女郎でもあったのだろうか？」

「伝兵衛に妾がいたという話は聞いておりやせん。しかし、女郎買いのほうは、若い頃、それなりにしていたようで、確か……吉原のほうに贔屓の女郎がいたとか……でも、どうして、そちらの方面に関心をお持ちに？」

道絡師は笑いながら、

「一連の事件が化け猫の呪詛によって引き起こされたものだとするにしても、その化け猫の元の飼い主というものが存在するじゃろうと思ってな」

「なるほど、そりゃそうだ」

「飼い猫にしか遺恨・怨念を託せない孤独な飼い主――というのを思い浮かべるなら、それはさしずめ、よくある――子供のいない、子供の代わりに猫を飼っているような妾か女郎ではないかと……どれ、久し振りに、吉原の大門《おおもん》をくぐってみるかの」

「あっしらは、どうしたらよろしいんで？」

「しばし待たれい。吉原で何か事件の核心が摑めるようなことがあったら、与太郎さんと猫柳屋敷に乗り込んで、さらに探索をしてみようかと思っておるのでな――」

――てんで、吉原の大門をくぐると、道絡師は、まず遊女を取り締まる見番《けんばん》へと赴《おもむ》きます。ここの古手の番頭に知り合いがあったもので、少し調べてもらうと、すぐに、芝北町四菱の伝兵衛が、むかし登楼《のぼ》っていた見世《みせ》というのが判明いたします。ついでに、その縞海老楼《しまえびろう》という見世の切り回しをしております古参遣手婆《やりてばば》への顔繫ぎもしてもらい、かなりの額の鼻薬《はなぐすり》を利かせて、当時の話を語ってもらうという運びとなります。

遣手婆が歯のない口を開けて情けない愛想笑いをしながら、

「あら……あははぁ……まあま、こんなに頂いてしまって……死んだ者のむかし話を聞きたいだなんて、お坊様、お寺の過去帳の整理かなにかでございますか？　いえいえ、別によろしいんですよ。ご事情の詮議立てをしようなんてつもりは毛頭ありませんから……」

「芝北町四菱の旦那が、むかし、こちらへ登楼ってたってことだが――」

「はいはい、覚えておりますよ。当時の売れっ妓《こ》の烏丸太夫《からすまたゆう》さんと昵懇《じっこん》の仲になって、それは熱心に通っておられましたよ」

「烏丸……とは、遊女にしては変わった名前じゃの」

「はい。定かではありませんが、生地が京の烏丸だったからとも聞いておりますし、また、その艶のある黒髪が『烏の濡れ羽色』のようだったからと命名の由来を唱える者もおります……あ、そうそう、これは後知恵でしょうが、烏猫を愛玩しているからだろうと邪推するお客もありましたっけ」

「ほう、烏猫を？」

「はいな。真っ黒クロ助の黒猫でございますよ。烏丸さんは、その烏猫をわが子のように可愛がって手元に置いておりました」

「それで、その烏丸太夫と伝兵衛の仲は？」

「伝兵衛さんは太夫の間夫《まぶ》でした。登楼を重ねるうちに相思相愛の深い仲となり、太夫のほうから起請文《きしようもん》を渡すまでになりました」

「『末の末まであなた様だけを愛す』――という愛の誓いじゃな？」

「ええ、ええ。あの太夫は徒《いたずら》に富貴になびくこともなく、手練手管としての起請文も書かない、珍しく純な、誠を尽くす妓だったもので、それを知った時はみんな驚きました――烏丸太夫は本気なんだなって」

「じゃあ、年季明けには一緒になるという運びで？」

遣手婆は少し曇った表情になって、

「……年季明けどころか、伝兵衛さんが身請けの金を用意して、あと少しのところで苦界《くがい》から出られるというところで、ひどい裏切りが――」

「裏切り？」

「伝兵衛さんが、身請け話のいっぽうで、心変わり――自分の廓外の縁談のほうも進めていたんでございますよ。相手は、跡取りのない商家のお嬢さんで、縁組すれば、自ずとそちらの財産も伝兵衛さんの意のままになるという、おいしいご縁談――」

「それは、太夫には、辛いことだな」

「死にました」

「ん、なんと？」

「女郎が苦界を抜け出る道は、たった三つしかございません。一つ、身代金を完済して年季明けに出る。二つ、身請けをされて出る。三つ、死んで出る……花魁は、その三つ目の道を選んだんですわ」

「それは……心中のはずはないいな」

遣手婆は、節くれ立った手を団扇《うちわ》のように振って、

「――んなわけありませんて。太夫の遺書には伝兵衛さんと心中の約束もしたが、そ

れも裏切られたので恥を忍んで独りで死ぬと書かれていました。太夫は大引けのあと、心中のために用意した匕首《あいくち》で咽喉を突いて果てました。遺書の中には、愛情の深さが余ってなんとやらと言うんでしょうか、自分を裏切った伝兵衛を憎む、末代まで呪詛申し上げ候《そうろう》――とも書かれていました。見世の者が発見した時には、烏猫が太夫の咽喉から流れた血の溜りに顔を寄せて、口の周りの黒い毛を真っ赤に染めて、盛んに血を舐めておりましたっけ……」

烏丸太夫の凄惨な最期の様子を聞いた道絡師は、思わず手を合わせて回向文《えこうもん》を唱えます。

「十方三世《じっぽうさんぜ》一切《いっさい》の諸仏諸尊菩薩《しょぶつしょそんぼ さつ》摩訶薩《まかさつ》、摩訶般若波羅蜜《まかはんにゃはらみつ》……」

「これはまあ……ありがたく存じます」

「いえ、拙僧にできる当然のお勤め。――ところで最後に、もう一つお聞かせ願いたい」

「なんなりと」

「その烏丸花魁の呪詛の血を舐めた猫は、その後どうなりました？」

妙なことを聞くと首をかしげる遣手婆。

「はあ……猫は人でなく家になつくといいますが、住み慣れた廓に居残ることもなく、烏丸花魁の葬儀が済むと、ぷいと姿を消してしまいましたようで……」

処変わって、猫柳屋敷の客間。道絡師が与太郎さんを伴って訪れております。

ふたりを迎えた四菱の三毛女様が、菊人形のような端正な顔をほころばせて申します。

「ほほほ。けさがた主人がいなくなった時は、どうしたことかと思いましたが、ウチの猫ちゃんたちのためにご尽力とは……愛猫家の聞こえも高い、ご住職の許へ参っていたとは、ついぞ知りませんでした……」

道絡師が温厚そうな笑みを浮かべながら、

「いやいや、突然の訪問、驚かれたことでしょう。拙僧は寺の住職を務めております傍ら、生類養生定礼講《しょうるいようじょうじょうれいこう》のほうも主催しておる関係から、広く市井《しせい》の猫ちゃんたちの養生にも気配りをしておりますのじゃ」

――とかなんとかお得意の口から出まかせを申し述べております。しかし、道絡師が愛猫家であることは、彼の小指を持ち去った極道猫――ただ一匹の例外を除いて、本当のことでございまして、その時も膝に乗った烏猫の咽喉をくすぐりながら、

「この仔も可愛いのう。ほれ、チョチョチョチョ……」

いっぽう、道路師の隣では猫喘息の与太郎さんが、症状が出ないように顔をしかめて鼻口を押えております。

「艶のある黒い毛並みも美しい。まさに烏の濡れ羽色さながらですなぁ」

「それだものですから、その仔の名前は烏丸と」

「ほう、それはまた稀なるお名前で……」と、道路師が藪睨みの目を細めます。

「烏丸は京の地名ですが、まあ、この仔の名は烏の濡れ羽色に因んでおります。ウチの烏猫は代々その名前で……」

「代々とは……この仔は何代目で？」

「確か――三代目になりますか……」

「親子三代にわたって烏猫をお飼いに？」

「いえ、三代の猫の間に血の繋がりはございません。ウチは不思議なことに、烏猫が亡くなると、次の烏猫が迷い猫として入り込んでまいるのです」

「ほう、それは不思議千万なことで。では、初代の烏丸というのも外から？」

「はい。わたしがまだ物心のつかないうちに、どこからともなく猫柳の庭に迷い込んできたものだとか……」

「御仏《みほとけ》の導く宿世《すくせ》のご縁でございましょうかな。大切になされるといい」

三毛女様が頷きながら、

「ご住職、よろしければ、そろそろ、他の仔たちも診ていただけますか？」

「もちろん拝見いたします。猫たちをお勝手《かって》にでも集めていただけますかな？」

「では、こちらへ――」

と、三毛女様と道絡師と烏丸が連れ立って勝手場へと向かいます。

しばらくして、与太郎さんが待つ客間に、道絡師がひとりで戻ってまいります。

「あ、ご住職、どうでした？」

道絡師はその場に立ったまま、

「ふむ、勝手場に十匹ほど集まっておった。三毛だの白だのトラだの烏猫だの仔猫だの……」

「どいつが化け猫かわかりましたか？」

「いんや」

「ご住職の眼力を以てしても……？」

「昼間っから、そんなこと、簡単にはわからんよ。それに化け猫は、死霊の怨念が乗り移った魔物――わし自身は、はなから呪詛の対象ではないから、化け猫も不用意に尻尾は出さんわな」

「あたいだって、呪われる筋合いなんか――」

「いや、筋合いはあるよ。ここへ婿に入ったのが、そもそも呪われる筋じゃからな」

「そんな……」

「伝兵衛に裏切られて自害した吉原女郎の祟りじゃ。ここの家は末代まで幸せな縁組など望むべくもない。両親と婿の一人は狂乱の果てに死に、もう一人の婿も狂の証に陥り座敷牢で廃人……家の血筋は衰退滅亡するという強い呪詛が渦巻いておるのじゃろうから――」

「なんとかならないんすか？」

「とりあえずの策として、勝手場にあった猫の晩の餌に、滋養強壮の薬と言いくるめてマタタビを仕込んでおいた。それで今晩一晩くらいは、猫たちも勝手場に釘付けじゃろう」

「マタタビって……そんなもんで化け猫を抑えられるものかね？」

「さあ、どうだかな。マタタビの滋養強壮効果が却って化け猫の魔力を強めることも、あるいはあるやもしれん」

「そんないい加減な……」

「さて、そこでじゃ、次善の策は用意してある――与太郎さん、あんたらの寝間へ案内してくれんかな？」

寝間へ案内された道絡師、真っ先に六枚折れ金屏風の向こうの行燈のところまで歩み寄ります。けさ与太郎さんが出て行った時のままになっている行燈の、油の舐め取られた火皿を取り出して匂いを嗅ぐと、急に思案気な顔になる道絡師。

「どうした？　ご住職？」

道絡師が藪睨みの目を細めながら、「いや……猫が仰山いるわが寺にも、当家のようなお屋敷にも、それは……本来はありえないことだったと――」と、謎めいた独り言を呟きます。

「何を言ってるんだ？　ご住職、あたいには、何が何だか――」

「うむ、ちと疑団《ぎだん》が生じた。じゃが、いま説明している暇はない。もうすぐ日が暮れる。今はとりあえずこれを――」

と言って、道絡師、懐から数枚の大きめの短冊のような紙片を取り出して、与太郎さんに渡します。

「何ですか、これ？　おっかねえ剣を持った火事場の鬼みてえのが描いてあって……

くにゃくにゃした変な文字みたいのが書かれてるが？」

「嫌だねぇ、教養のない人は。描かれているのは火事場の鬼じゃなくて、大日如来《だいにちにょらい》の化身であらせられる不動明王《ふどうみょうおう》――激しい怒りの形相で災厄から衆生《しゅじょう》をお守りくださるお方じゃ。くにゃくにゃした文字は不動明王を表す梵字《ぼんじ》でカーンと読む。早い話が、寺で念を入れてある魔除けのお札じゃ」

「ああ、これで化け猫をカーンと打ちのめすと？」

「嫌だねぇ、駄洒落《だじゃれ》で笑いを取ろうとする人というのは。――ともかく、寝る前に、これら三枚のお札を寝間の三方の襖《ふすま》や障子の合わせ目に貼っておけ。さすれば、寝間の周囲に結界が張られて、並みの魑魅魍魎は突破できないはずじゃ。もう一枚のお札は、念のために、わしが持っておく」

「念のためって……貼ったお札の結界が決壊することも？」

「嫌だねぇ。教養がないくせに、駄洒落だけには長けてるというご仁《じん》は」

「ご住職、話が先に進まないんで、次をお願いします」

「えへん、お前は間欠泉的にまともになるな……じゃから、ともかく、念のために、わしは、この寝間で一晩、行燈の張り番をすることにする」

「へ？」

「これから、あの行燈の向こうの押し入れに隠れるから、家人には、和尚《おしょう》はもう寺へ帰ったと言っておけ」

「あ、へえ……」

「ほら、何を愚図ぐずしておる。早く押し入れから布団を出して床を延べておけ。それから、夕食後に、握り飯と酒の差し入れを忘れるな。……あ、ついでに、尿瓶《しびん》の用意も忘れずになっ」

「へい〜っ」

——てんで、夜も更けてまいります。窮屈な押し入れの中で握り飯を頬張り、酒を飲み、排尿も済ませた道絡師、ほろ酔いでやや鈍くなった頭で、徒然《つれづれ》なるままに、考えを巡らしております。

——にしても、押し入れに籠城《ろうじょう》というのは、窮屈で退屈なものじゃな。暗いから書を読んで時間を潰すこともできん。うう……腰が痛くなってきおった。嫌だねぇ、歳を取ると……あれ、なんか、妙な音……地鳴りみたいな音が……魑魅魍魎の出現には、ちと早いような気がするが……ああ、与太郎の奴の鼾か。なに、あの下品な鼾は……例の猫風邪で鼻詰まりでもしてるのかしらん。畜生、酒肴《しゅこう》をたら腹食って、ふかふかの布団に身体を伸ばして、気持ちよさそうに寝てやがる。新婚だというのに夜のお勤めもせず……って、いやいや、こんな状態で夜の嬌声《きょうせい》なんぞ聞かされたら、それこそ無間《むげん》地獄の苦しみですって……しかし、腹が立ってくるな……自ら言い出したこととは言いながら、あんな魯鈍のために、なんでわしがこんな罰遊戯のような苦労をせにゃならんのだ……？

さすがの道絡師にも、次第に徒労感がつのってまいります。

――それに、この後、本当に化け猫など出るものか？　先ほど、頭にきざした疑団をよくよく吟味してみると、こちらのようなお屋敷で、化け猫が行燈の油を舐めるという怪事など、起こり得べくもない――いいいいいいいいということになるのだが……。

などと考えを巡らせているところで、その時がやってまいります。

毎度ながら、草木も眠る丑三つ時――。

押し入れの襖の向こうで、コトリと音がします。

はっとして、聞き耳を立てる道絡師。与太郎たちの寝息とは違う固い音が――。

襖の細い隙間から差し込んでいた行燈の明かりが、不意に少し暗くなります。行燈の燈火が一部消された模様――。

そして、あの音が、漏れ聞こえてまいります。

ピチャピチャピチッピチャッ……。

——水……いや油が弾けるような音がする……。

その音は、押し入れのすぐ外——行燈の据えられたあたりから聞こえてまいるようで。

ピチャピチャピチュチチトゥルルル……。

道絡師、迷わず押し入れの襖をタンッと引き開けると、勢いよく外に飛び出します。

しかし、消えた行燈の周りに化け猫の気配はありません。ところが、次の瞬間、行燈の陰からごろりと転がり出た女の生首が……。

「そうだったのか……おのれ、その正体は——」

よくよく見ると、それは胴から切り離された生首ではございませんでした。顔の下には蛇のように長い首が金屏風を越えて、うねうねと向こうの床のほうにまで伸びております。

「——ろくろ首であったかっ！」

その声に答えるかのように、ろくろ首がきっとまなじりを決して僧侶のほうを睨みます。行燈の明かりに照らされて浮かび上がるその顔は、端正な顔を怒りに歪ませた三毛女のものに相違ありませんでした。

ろくろ首の三毛女は、鋭い八重歯の覗く赤い口をクワッと開けると、長い首をとぐろのように巻き、そのとぐろのバネの反動で、毒蛇のようにシャーッと道絡師の喉笛めがけて襲い掛かります。

間一髪のところで、それをかわし、すかさず、ろくろ首の額に、最後の一枚の魔除け札を貼り付ける僧侶。

その途端、ろくろ首の動きが凍り付いたように止まり、それを見届けた道絡師が、数珠《じゅず》をまさぐって、手を合わせ、昼間、烏丸太夫のために唱えた回向文を繰り返します。

「十方三世《じっぽうさんぜ》一切《いっさい》の諸仏諸尊菩《しょぶつしょそんぼ》薩摩《さつま》訶《か》薩《さつ》、摩《ま》訶《か》般若《はんにゃ》波《は》羅《ら》蜜《みつ》……」

翌朝、文福寺法堂にて。与太郎さんと棟梁が道絡師の話に耳を傾けております。

「寝間の押し入れに入る直前に、わしの頭に疑団が現れた――油を舐め取られた行燈の火皿の匂いを嗅いだ時に閃《ひらめ》いたのじゃ」

「――と言いますと？」と棟梁が尋ねます。

「ふむ。菜種油《なたねあぶら》の匂いがした。猫柳屋敷の行燈には、菜種油が用いられておった。これ即ち、それを猫が舐め取るわけがないということじゃ」

「そう……なんですかい？」

道絡師は頷きながら、

「『和漢三才図会《わかんさんさいずえ》』にも、猫が行燈の油を舐めるのは怪異の兆候とあるが、その裏には、猫ならではの、それなりの理《ことわり》があった。庶民の飼うような猫は、通常は人の食べ残しを餌として貰う。その内容は自ずと、高価な魚肉よりも穀物や野菜中心ということになって、猫としても滋養不足を補うために、行燈の油に手を、いや舌を出すことになる。ほら、庶民の間で行燈に使われている油は、魚油――なかんずく鰯油《いわしあぶら》ではないか。猫の前に好物の魚の油を差し出せば、そりゃあ、舐め取りたくもなるじゃろうて」

「ところが、猫柳屋敷は菜種油を使っていた、と？」

「ふむ、最初にそれに気づくべきじゃった。庶民が、煙が出ようが異臭がしようが構わずに、行燈に鰯油を使うのは、それが最も安価な燃料だからじゃろう。しかるに、ウチの寺のような霊験灼然《れいげんいやちこ》なる場所や猫柳屋敷のような裕福な家では、煙も異臭もない高価な菜種油や蠟燭《ろうそく》を用いる。いっぽう、化け猫とても本来が猫の属性じゃから、欲するのは鰯油。おのずと猫柳屋敷において化け猫が行燈の油を舐め取るなどということはあり得ん――という考えに至った。すると、別の何者かが油を舐めたことになるが、行燈の油が好物という魑魅魍魎が、化け猫の他にもおったというわけじゃ」

「じゃあ、吉原女郎の呪いは、怪猫に化身したのではなく……」

そこで、道絡師は、蔵から出して壁に掛けたばかりの絵に目をやります。描かれているのは、寝床から蛇のような首をくねくねと伸ばして不敵に煙管《きせる》をくわえた奇っ怪な女――葛飾北斎《かつしかほくさい》の筆による『轆轤首《ろくろくび》』の図――道絡師自慢の蒐集書画でございます。

「そう、ろくろ首にな……烏丸やら烏猫やらの暗合続きで、すっかり読む筋を違えてしまったが、烏丸太夫の本来の呪詛は、伝兵衛の娘がろくろ首と化すというかたちで結実していたということじゃ」

「すると、その烏丸太夫にも、ろくろ首の気が？」

「たぶんな。ろくろ首は、ほとんどが女、それも誰かを『首を長くして待つ』境遇に置かれた女が発症しやすい呪詛病の類じゃ。放蕩《ほうとう》旦那の帰りを待つ女房とか、気まぐれな客の来訪を待つ遊女とか……」

「そういや、品川とか吉原なんかで、客が朝起きてみると、行燈の油がごっそり舐め取られていたなんて話は、よく聞きますね」

道絡師は重々しく頷きながら、

「調べれば、かなりの数の遊女が、ろくろ首であることが判明するであろう……」

「うへっ、そんなこと言って、人権団体方面から抗議が殺到しますよ」

しかし、道絡師は鷹揚に笑って、

「かっかっ……この時代には、人権などという概念はまだないのっ。――まあ、呪詛がなければ、ろくろっ気《け》の女郎でも実害はなかろうから、ほっときゃいいじゃないの」

「ろくろっ気のって――かなりいい加減な発言だね、どうも」

道絡師、それには取り合わず、真顔に戻って、

「話を猫柳屋敷の一件に戻すぞ。――三毛女お嬢様がろくろ首と化したのを目の当たりにして、両親や婿殿は、あまりのことに狂い死にしたのであろうが――」

「一緒に住んでいた乳母さんは？」

「盲なので気が付かなかったか……あるいは、賢いお方だとお見受けするから、知っていても黙してお嬢様を守り通したのか……」

再び笑みを浮かべて、

「――ともかく、今回は、不動明王の魔除け札でろくろ首も封じられ、わしの唱えた

回向文の祈禱によって、烏丸花魁の死霊も成仏したことだと思う。十返舎一九《じっぺんしゃいっく》の『列《れっ》国怪談聞書帖《こくかいだんききがきぞうし》』によれば、ろくろ首は人の呪詛によって現れるが、ねんごろに弔えば、鎮まるものだとか。三毛女も、もう二度と首を長くせんことじゃろう。——あ、魔除け札の代金と出張祈禱料は四菱のほうに請求しとくからね、気にせんでもええよ」

それを聞いた棟梁が頭を下げて申します。

「ありがとうございます。ご住職のお話の通りなら、三毛女様には、何の落ち度もないことなんだが、やっぱり与太郎は、あの家から下がらせようと思うんですよ。こいつ、猫喘息だし、その上、炭団ときてるから——」

「それを言うなら、魯鈍ね」

「へえ。その魯鈍ですから、まっとうになった四菱のお嬢様とは、どう見ても不釣り合い。最初から無理目の上に無理を重ねた縁談だったたんでさぁ」

そこで棟梁、与太郎さんのほうを向いて、

「なあ、与太郎よ、四菱との離縁の件は俺が話をつけておくから、おめえ、もう家に帰っとけ。おっかさんが心配して、首を長くして待ってるだろうから——」

それを聞いた与太郎さん、震えあがりまして、

「ひえぇぇぇ、首が長いのは、もうご勘弁を……」

らくだの存否《ゾンビ》

落語魅捨理全集七

えー、文政《ぶんせい》年間の江戸は両国《りょうごく》の見世物小屋に、駱駝《らくだ》がやってきたという記録がありまして、駱駝というのは、もちろん、あの背中に瘤《こぶ》のある砂漠の動物のことでございます。この世紀の珍獣を目にした江戸っ子たち、当時の見世物興行見物の常として、やれ眼福《がんぷく》だ、ご利益《りやく》だと、最初のうちはありがたがっておりましたが、世界から隔絶された島国の民の悲しさで、駱駝の砂漠での活躍を知らないものですから、そのうちに「あの図体がでかいのは、いったい何の役に立っているんだ?」ということになります。以来、江戸では図体が大きくて、のそのそした役立たずのことを「らくだ」と綽名《あだな》する風潮が生まれたのだとか。

さて、芝高輪《しばたかなわ》の雨森《あまもり》長屋に、馬之助《うまのすけ》という男が住んでおりました。この馬之助の身長が六尺五寸——今に換算すれば、一メートル九十七センチほど。戦国大名の伊達政宗《だてまさむね》が、当時の中背と言われ、五尺三寸——約一メートル六十センチと推定されておりますところから、馬之助がいかに巨漢であったかがわかろうというもの。さらにこの男、生まれつき背骨が湾曲しておりまして、背中に瘤状の隆起がございました。そうした亭々《ていてい》たる異様な身体で、のそのそと歩き、普段発する言葉も、動物まがいの「グモー」とか「フゴー」とか悪仲間にしか意味のわからないようなものばかり。当然のごとく、周囲の呼び名も「馬」から「らくだ」へと転ずることとなります。

本日は、その「らくだ」の馬の生き死にを巡る珍騒動の一席を——。

夕刻に雨森長屋にあるらくだの馬の住処《すみか》を訪れましたるは、匕首松九《あいくちまつく》という男。らくだの兄貴分でございますが、二つ名が「匕首」という物騒なものでございますから、こちらも評判のよろしくない博徒稼業の輩《やから》であります。きょうは、らくだが魚《うお》河岸《がし》で河豚《ふぐ》を手に入れたから兄貴にもご馳走したいという兄弟分源次《げんじ》からの言伝《ことづて》を聞き、こうしてやってまいりましたという次第でして——。

「遅くなったな……」

と言いながら、戸口をくぐった匕首松九。しかし、狭い四畳半一間の座敷から答える声はありません。その狭い座敷の中央には、土鍋に刺身用の皿、茶碗、酒徳利などが雑然と置かれています。見ると鍋も皿も中身はあらかた片付いているようで、その向こうには、らくだの馬之助が大の字になって横たわっております——。

「なんでい、ちょいと遅れたら、このザマかよ。酒も肴《さかな》もあらかた消えて、もう、お開きなのかい？　源次の野郎も帰っちまったみてえだし、らくだの野郎は酔い潰れてやがらぁ……畜生、ひとを呼びつけておいて、馬鹿にしてやがる」

それでも座敷に上がって、らくだのそばに歩み寄り、

「おい、馬……らくだっ、起きろよっ！」

しかし、らくだは目を瞑《つむ》って、大口を開けたまま、起きようとしません。業を煮やした松九が爪先でらくだの頭をつんつん蹴りながら、

「おいっ、松九の兄貴のお出ましだよっ、起きろよ、こらっ、らくだ、馬鹿野郎！」

と、キレやすい兄貴が、乱暴に頭を蹴ります。その勢いで首ががくんとあちらを向き——それでも起きないらくだ。さすがに慌てた松九が、その場にしゃがみ込み、らくだの鼻口に掌をかざします。

「あれれっ、息が……ねえぞ」

次に、垢《あか》じみた太い首筋を指で押さえて、

「ああ……冷てえっ……脈も……ねえ……し、死んだのか？」

それから、ほとんど空になっている土鍋と皿に視線を移して——。

「ううっ……糞っ、中《あた》りやがったな……河豚に中って死んじまったのかっ！」

その時、外に人の気配を感じた松九、即座に、らくだの半身を起こすと、その背後に身をひそめます。らくだの死は自分のせいではないのですが、悪漢の習い性から出た咄嗟の行動でありました。

戸口に現れた人影が――。

「えー、こんちは～。……あ、今晩は～かな」

その人物はらくだの背後にすっぽり隠れた小柄な松九には気づかない様子。

「あ、らくだ……馬さん、ご宴会でしたか？」

背後から、らくだの袖を摑み、手先をぷらぷらと振る松九。

「あら、しっしって……野良犬じゃないんですからね……屑屋《くずや》の太助でございますよ」

返答代わりに、また、素っ気なく手先をぷらぷらやる松九。まるで二人羽織のような塩梅《あんばい》で。

「いくらこっちが屑屋おはらい～だからって……いつものらくだの旦那と態度が違うね、どうも……」と、声を少し固くする太助さん。「あんたがね、きのう、明日来いよって言ったから、来たんじゃないですか」

今度は大きく両腕を振り回します。

「あれ、あんた踊ってんの？　なんすか、それ？　かんかんのう？　だいぶ酔っぱらってるんですね、らくだの旦那……ああ、いいご機嫌で……あっしが唄ってあげましょうか？　♪　かんかんのう、きゅうれんす、きゅうはきゅうれんす」

業を煮やした松九兄貴、つい声が出てしまいます。

「きゅうはきゅうでも、こちとらは、きゅうれんすじゃなくて、松の九《きゅう》だっ」

「へ？　なんすか、その声？　旦那、風邪でもひかれたんで？」

「うるせいっ」

そこで、二人羽織の茶番が面倒臭くなった松九の兄貴が、らくだの身体を突き飛ばして、正体を現します。

「ああっ、びっくらしたっ！　突然現れて……なんです、あんた、忍術児雷也《じらいや》か？はて、児雷也にしては大蝦蟇《おおがま》の背に乗っていねえようだが？」

「ほんと、お前、猛烈に面倒臭いね。ここは児雷也の住処じゃなくて、らくだの家だろがっ。俺は蝦蟇じゃなくてらくだの背後に隠れてただけなのっ！」

「はあ？　忍者でないなら、どこのどなたで？」

「俺は、らくだの兄貴分で、匕首の松九ってんだ、覚えとけ、べら棒めっ」

「いえいえ、あっしが担いでいるのは、べら棒でなくて、鉄砲ざると秤《はかり》でして。屑屋なんですよ、あっしは。屑屋の太助」

「しゃら臭《くせ》え、わかってらあ、さっき聞いた」

屑屋さん、むっとして、

「屑は扱ってても、臭くはねえよ。ちゃんと風呂にもへえってる」

「い、いや、しゃら臭えってのは、生意気だってこと言ってるのっ。あのね、話先に進まないんだよ」

「へえ……いえね、あっしは、らくださんの方に商売の用事があって……らくださん、酔い潰れておられるんで？」

松九の兄貴、溜息をつきながら、

「いや、らくだはあの世だ……」

「えっ？」

「死んだんだよ」

「あなたが、後ろから首絞めて？」

「勝手に殺害方法まで指定する奴があるか。そこの鍋皿見ろよ、河豚を食ってたんだよ」

「あ、じゃ、河豚に中って、コロリと?」

「そう。トウシロの癖に河豚なんか捌《さば》いて、ガツガツやったから、このザマなんだろうよ」

「それは……トンだことで……で、あなたも痺れ来てますか?」

「いや、俺は遅れて来たから、食わなかった。他に源次ってダチも来て酒盛りしてい

たはずなんだが、おめえ、見かけなかったか? 頬のこけた目つきの悪い奴……」

「さあ……」

松九の兄貴、苛々しながら、

「この辺、回ってたんだろ。この家の辺りで何があったのか、見てねえのか?」

「いえ……あ、そう言えば、暮れ六つ頃……最初にこの表を通りかかった時、らくだ

さん、家の前に、なんか埋めてたなぁ……」

「なんだと?」

松九の兄貴が、開けっ放しの戸口の向こうに目を向けると、盛り土とそこに刺さっ

た細長い板切れがあるのが見えます。

「おいっ、そこの土饅頭《どまんじゅう》に刺さってる板っ切れに、なんて書いてある?」

そちらを振り向いた屑屋の太助さんが、

「ええと……仮名しか読めねえんだが……ミミズがのたくったみたいな字だな……えーと、げんじのはか……ですかね」

「なに？　源次の墓——だと？　そうか……」松九の兄貴、腕を組んで思案気に、

「……するってえと、食い意地の張った源次が先に中毒で死に、それを見たらくだが、こんな陽気だし、腐っちゃいけねえと、さっさと墓穴を掘って埋めちまった……それから、座敷に戻って、今度は自分も中毒で死んじまったと。図体がでかいと毒の回りも遅いとか言うが——」

「そうでしたか……それは、ご愁傷さまでございました。——じゃ、あたしはこれで……」

「ちょっと待て、そうはいかねえ」

「へ？」

「商売をしていきなよ。ここにあるらくだの家財道具を売り払いたい」

「でも、らくださんのものを勝手に処分しちゃあ、まずいんじゃありやせんか？」

「本人が死んでんだ、かまいやしねえ。それにらくだは、親類縁者のいない天涯孤独の身だ。親類代わりと言えば、兄弟盃を交わした俺ぐれえのもの。だから、俺が弔いの真似事ぐらいやってやらなきゃ、いくら世間の嫌われ者だといったって、哀れじゃ

ねえか」

「そらま、そうでやんすが」

「ところが、こっちは博奕《ばくち》ですっちまって、すっからかんの文無しときてる。きょうの酒宴にも、手ぶらでこざるを得なかったという体たらくだ。だから、おめえに何か引き取ってもらって――」

太助さん戸惑いながら、周りを見渡して、

「いや……ここには、引き取れるようなものは……」

「そこに転がってる土瓶と茶碗、二百文でどうだ？」

太助さん、思わずのけ反って、

「そんな……欠けた土瓶に二百だなんて……二束三文というが、三文にもなりやせん。一文くらいなら――」

「一文じゃ話にならねえ。酒一升でも百六十は必要だろが。――じゃあ、向こうにある煎餅布団は？」

「寝小便で地図が描いてあるアレですか？　虱《しらみ》と蚤《のみ》の関ヶ原になってるみたいだからなぁ。勘弁してくださいよ」

「ううむ、それじゃ……竈《へっつい》――は動かせねえし……ああ、蠅帳《はいちょう》なんかどうだ？　中の臭い飯もつけてやるから……」

「あのねえ」太助さんが溜息交じりに申します。「そういうのは、古道具屋かなんかの持ち分ですから。あたしは紙屑や傘の古骨に灰買いなんかの屑屋おはらい。だから、ここにある目ぼしいものを引き取ったとしても、ほんと、二束三文にしか……はなから、それしかお渡しできるような金はねえんで……じゃ、そういうことで、ごめんくださ――」

「いや、ちょっと待て」

「まだ、何か？」

「うん、金の算段でいいことを思いついた。――おめえ、このあたりを回っているなら、この長屋の今月の月番《つきばん》を知ってるだろ？　この長屋じゃあ、店子《たなこ》にも月番の手伝いをさせると聞いているが――」

「あ……へえ、今月は確か角の家の三吉さんだと」

「うむ、それなら、おめえ、ちょっと、その月番のところへ行って、香奠《こうでん》を集めるように言ってきてくんねえか？」

「お香奠を、ですか？」

「そうさ、こんな長屋だって、祝儀《しゅうぎ》不祝儀《ぶしゅうぎ》の付き合いぐらいあるだろう。貧乏人のはした金でも掻き集めりゃ、お通夜の真似事代ぐらいになろうってもんだ」

「……でも、そう、うまくいきますかねえ……」

「不都合でもあるのか？」

「いえね、このらくださん、死人に鞭打つようなことを言うのは嫌なんだが、ここらへんでは、ずいぶん乱暴したりして嫌われていたでしょう？　そんな人に素直に香奠なんか出すかなあ……？」

「そうさなぁ……」思案顔で頬の傷跡を掻いていた松九の兄貴、すぐに何か閃《ひらめ》いた様子で、「うん、いいことを思いついたぞ」

「旦那の思いつく『いいこと』ってのは、たいていが『悪いこと』なんだが――」

しかし、相手の言葉など耳に入らない様子で松九の兄貴が続けます。

「おめえがここへやって来た時の遣り取りから思いついた。――まず、おめえが、月番のところへ行って、掛け合いをやる。月番がうだうだ言って逆らうようだったら、『代理の者が頼んだのでは駄目だということであれば、本人からお願い申し上げます』と言ってやれ」

「本人から……？」

「そうよ。そこで、おめえが、さっきの、かんかんのう、きゅうれんす――を唄い出す。それを合図に、らくだを背後で抱えた俺様の登場と相成る。それで、さっきの二人羽織の要領で、らくだの死骸にかんかんのうを踊らせるんだ。相手は死骸が踊り出したってんで、震えあがって、祝儀でも不祝儀でも差し出すだろうよ。——な、いい考えだろ？」

「いい……かどうか……遺骸を踊らせるなんて、バチが当たりませんか？」

松九の兄貴が凄みのある笑いを浮かべながら、

「バチより先に河豚に中ってらぁ」

——と、ここでサゲとしてもよろしいのですが、お話のほうは、これからが本番でして、気が進まない屑屋の太助さん、それでも、らくだの死骸を抱えた怖い松九の兄貴がついてくるもので、仕方なく月番の三吉さんの家へ参ります。

「えー、こんばんは～」

「なんだい、屑屋じゃねえか。きょうは、なんにもねえよ」

「いいえ、きょうは屑屋おはらい～のほうじゃなくて、ちいと別の用で……」

「なんだよ、俺はいま、なんだか心持ちが悪いんだ。面倒事ならお断りだよ」

「その……月番の三吉さんを見込んで、お香奠を集めていただきたいんで」

「ほう、誰か死んだか？」

「はい。らくだの馬さんが……」

「なに？　らくだが……ふーん、奴のところには、宵の口に、来月あんたに月番手伝いが回るからって言いに行ってきたばかりだが、なんか宴会みたいなのをしていて、珍しくご機嫌で、一杯どうだというから、ちいとは付き合ったが、肝心の月番の件は面倒だから嫌だと言いやがった。こっちも、引っ込みがつかねえから、長屋にも付き合いてえものがあるんだと意見しようとしたら、いきなり拳固が飛んできた。それで、俺も腹立てて戻ったわけだが……そうか、そのあと、死んだか……」

「そうなんですよ。それで、らくださんの兄貴分という方が来ていて、親類縁者のないらくださんが不憫《ふびん》だから、せめてお弔いの真似事でもしてやりたい、ついては、その葬儀の費用にお香奠を充てて――というような塩梅でして……」

しかし、三吉さん、案の定、眉を顰《ひそ》めます。

「いやだね」

「しかし、いくら貧乏長屋でも祝儀不祝儀の付き合いが――」

「貧乏は余計だよ。――その祝儀不祝儀だが、らくだの野郎のほうは、長屋の付き合いに、これまで一文も出したことはねえんだ。それで、ちいと意見しようものなら、拳固が飛んでくると。あんな付き合いの悪い乱暴者に、誰が香奠なんて出すもんか」

「ああ……やっぱり、そうですよねえ」

「おめえさんも、何の義理があるのか知れねえが、他人事の余計なお節介なんてしてねえで、自分の稼業に精を出したらどうだい」

「はい……義理はないんですが……兄貴分てのが、目つきの悪い怖い人で、ギリギリと責められるもんで……」

「あ？」

「いえ、こっちのことで……まあ、あたしのような代理の者が何を言っても、ご納得されませんでしょう。こうなれば、致し方ありません、ご本人よりお願い申し上げまする」

「え？　本人って？　死んでる人のこと？　何言ってんだ、おめえ？」

仕方なく唄い出す屑屋さん。

「えへん……、♪かんかんのう、きゅうれんす、きゅうはきゅうれんす〜」

それを合図に、背後の闇から、白目を剝《む》いた凄い顔の大男が現れて、両手をぷらぷらさせる不気味な振り付けで、かんかんのうを踊り始めます。

それを見た三吉さんが仰天して、

「うひゃー、ら、らくだが……死骸が踊ってる……勘弁してくれ、俺が悪かった。香奠は集めとくから、どうぞ、お引き取りを……」

――てんで、らくだの家に戻ってきた松九の兄貴、上機嫌で残り物の酒を飲み始めます。

「どうでい、首尾は上々じゃねえか。ほら、屑屋、おめえも飲めよ」

「いや……あたしは飲めないクチで……この後商売もありますし……」

「てやんでぃ。意地汚くただ酒を飲もうってんじゃねえんだ。これも通夜の供養だと思って、付き合えてんだよ。らくだの縁者といえば、この世に俺とおめえしかいねえんだからさぁ」

「あたしは縁者じゃないんだけども」

「うだうだ言うな。袖擦《そです》り合うも他生《たしょう》の縁というじゃねえか、ほれ、飲めよっ」

「へえへえ、わかりましたよ。じゃ一杯だけ」

「……おお、なかなかいい飲みっぷりじゃねえか。ほれ、もう一杯」

「あ……もうほんとに……稼業に戻らないと、家には三人の子供とかかあと病気のお袋が待っていて、もう、あたしが働かねえとおマンマの食い上げなんで……」

「うるせえ。通夜なんだから、しけた屑屋稼業なんぞ休んじまえよ。なぁに、心配すんな。香奠が集まったら、おめえにも、きょうの稼業分ぐれえの割り前はやるから……ほれ、もう一杯飲めよ」

「え？　割り前をくださる？　それじゃ……もう一杯いただこうかな」

と、香奠の割り前で自分たちの懐を温めようという、とんだ喪主があったもんで。

「おお、屑屋、なかなかどうして、いけるクチじゃねえか。ほれ、もっと飲みねえ。いくら通夜だからって、相手のいねえ酒は寂しいもんだからな……ほれ、もう一杯――」

「おっと、ありがとうござんす。そうですねえ。こんな師走《しわす》の寒い晩にゃあ、屑屋稼業の夜回りなんて、やってられねえや……こうして酒であったまるのが一番……ふぅい、もう一杯」

「おっおうよ……ほれ」

「ああ……うめえ。もう一杯。……しかし、酒がうまいのはいいんだが、酒だけというのも曲がありませんよ。……せっかくだから、そこの肴でも、ちょいと摘まんで……」

と、太助さんが皿の河豚に手を伸ばそうとするのを、松九の兄貴が慌てて止めます。

「おいっ、それはやめとけっ、二夜続けての通夜をやらなくちゃならなくなるから……」

「はぁ？　――ちぇっ、びくびくするねぇ、匕首の。おいらが死んだら、また、かんかんのう踊らせて香奠稼げばいいじゃねえか……」

「あ……あれね、でも、後ろで操って、かんかんのう踊らせるのも結構大変なんだよう。もう肩張っちゃって……」

「ふん、見かけだけで、だらしのねえ奴だ。こちとら毎日、山ほど屑やガラクタ背負って大変なんだよ。おめえなんか重たいものといったら、骰子《さいころ》ぐれえしか持ったことねえんだろ？　たまには額に汗して労働してみろってんだ」

「屑屋に通夜で意見されるとは思わなかったね」

「おら、ぼーっとしてねえで、もう一杯くれろ！」

「お前さん、酒癖わりいのか？　ほらよ……あら、もう徳利が空だよ」

「けっ、しけた通夜だな。肴は駄目、酒は空か……」それから、酔いで鈍った頭で少し考えていた屑屋の太助さん、急に破顔一笑して、「――いいこと思いついた」

匕首の兄貴が弱り顔で応じます。

「屑屋さんの思いつく『いいこと』ってのは、たいてい『悪いこと』なんだから

――」

「バカヤロ。それはおいらの科白《せりふ》だってのっ。四の五の言わずに、まあ聞けや――酒《しゅ》肴《こう》が手に入る妙案があるんだ」

「はあ……」

「ここの大家に出させるんだ」

「大家に？」

「そうさ。長屋の大家といやあ、店子は子も同然、店子にとっちゃあ、大家は親も同然だ。その店子が死んだのなら、世間並みの通夜を調えてやるのは、これ親の務め。酒の三升に肴は――そうだな、刺身はもう怖いから、煮しめ……芋に蓮《はす》にはんぺんぐらいのところを、少し塩を辛めに煮て、どんぶりに入れて持たせてくださいと――どうだい、いい考えだろ？」

　なんて、勝手なことをほざいている酔漢の屑屋さんでございます。

「う、うむ、だが、ここの大家がそう簡単に言うことを聞くかな？」

「なに気弱なことを言ってやがる。そん時は、おめえの出番だろがっ！」

「は？」

「すっとぼけんなよっ。そん時は、おめえが死骸を操って、かんかんのうを踊らせて、大家の野郎を脅しつけてやるんだよっ！」

「あ、そうでしたね……」

そこで、太助さん、狭い座敷をぐるりと見回して、

「時に匕首の、らくだの遺骸はどこにあるんだ？」

「え？　あ……あれれ、いねえな？」

「おめえ、背負ってきたんじゃねえのか？」

「あ、ああ……月番のところでは、確かに抱えていたんだが、帰りに、あんまり重たいんで、途中でちょっと一休みして……それから……やけに身軽になったなと思ったんだが……ああっ、あすこで忘れてきたのかも！」

「かー、通夜の主役を落としてくる奴があるか。早いとこ拾いに行かねえと――」

と言いかけた太助の言葉が途中で凍り付きます。戸口のほうに目を向けると、闇の中に大きな人影が、ぬぼーっと突っ立っております。その人影はよたよたした覚束ない足取りで、こちらへ近づいて参りまして……行燈の燈《ともしび》に照らし出されたその顔を見て、「あっ！」と叫び声をあげるふたりの酔漢……。

白目を剝いていて、だらしなく大口を開けたその魁偉《かいい》な容貌は――紛れもない、らくだの死顔でございました。

「らくだ……」匕首の兄貴が呼びかけます。「おめえ、死んでるんじゃなかったのか？」

開いたままのらくだの口から唸り声が「フガー」と――。

「生きてるんか？」

「フガー」と同じ唸り声。

屑屋の太助さんが、酔いで据《す》わった怪しい目付きで、らくだを一瞥《いちべつ》しながら、

「どっちでも、いいじゃねえか。まともに喋れねえなら、死んでんだろ。でも動けるのなら――」

「生ける骸《むくろ》だと……？」

「骸……生ける屍《しかばね》ってか？　なんか、怪談噺《ばなし》の外題《げだい》にゃ、ぴったりだが」すでに酔いで頭が鈍くなり、ことの重大性がわかっておりません。「ともかくな、死骸が動けるんなら好都合じゃねえか。おめえも重たい思いをしてあれこれ苦労する手間が省けるってえもんだ。――さあ、大家の家へ行って、かんかんのう踊りの興行といくぜ。ほれ、らくだの旦那も、自分の始末だから一緒に来いや」

――てんで、匕首と酔いどれ屑屋と生ける屍のらくだという、面妖なる三人組が連

れ立って出かけることと相成ります。

途中、月番の家に差し掛かったところで、

「あ、そうだ」と太助さんが思い出します。「そろそろ香奠を回収しとかなきゃな」

三吉さんの家の戸を声もかけずに引き開けると、土間に仰向けに倒れている者が――。

「あれ、三吉の野郎……こんなところで暢気に寝てやがる」

しかし、白目を剝いている三吉さんの顔に異変を見て取った匕首の兄貴が、その場にしゃがみ込んで、首筋に触れてみます。

「いや……寝てるんじゃねえ。脈がねえよ……死んでるんだ」

それを聞いた太助さんが、突然、笑い出して、

「あはは……こいつも中りやがったなっ」

「富籤《とみくじ》にか？」

「バカヤロ、そのあたったじゃなくて河豚に中ったって言ってるのっ。――さっき、こいつ、宵の口にらくだのところで一杯付き合ったとか、ぬかしてたから、その時、たぶん……」

「じゃ、誰かに知らせねえと……」

「ほっとけよ。こいつには、親族かなんかがいるんだろ。今夜、俺たちは身寄りのねえ哀れならくだの通夜やるだけで手一杯なんだから……ほら、三吉が手に握ってるのは香奠の束なんじゃねえのか？」

「そう……みたいだが」

「じゃ、愚図ぐずしてねえで、そいつを頂いとけ。後でおめえにも割り前をやるから」

と、今や完全に立場が逆転している匕首と屑屋でございました。

――そんなこんなで、次に大家の雨森木兵衛《もくべえ》の家へ参りましたる一行、応対に出た木兵衛さんに、まずは太助さんが口上を申し述べます。

「えーと、大家にとって、店子は子も同然、店子にとって大家は親も同然だぁ」

「はぁ？　何言ってんだ？　あんた、いつも来る屑屋だろ？　酔ってるのか？」

「あれっぱかしの酒で酔うもんけえ。きょうは、その酒の件で談判に来た」

「あ？　わしは今、心持ちが悪いんだ。冗談なんか聞いている暇は――」

しかし、太助さんのほうは、お構いなしに談判を続けます。

「酒の三升に肴は――そうだな、刺身はもう怖いから、煮しめ……芋に蓮にはんぺんぐらいのところを、少し塩を辛めに煮てどんぶりに入れて持ってこい。それから酒はいいのにしてな。安酒は頭へ昇るから――」

「馬鹿を言うな」さすがの木兵衛さんも怒声をあげます。「なんでわしが、お前にそんなものをやらにゃならんのだ」

「俺に――というより、らくだの供養のためだよ」

「なに、らくだ？」

「そう。らくだの旦那がさっき、おっ死《ち》んで、通夜をやるのに、酒も肴もねえ。犬猫が死んだんじゃねえんだ。あんたの貧乏長屋の店子が死んだんだから、親同然の大家が酒肴を出してくるのは、当然のことだろうが」

しかし、木兵衛さんは鼻で笑って、

「ふん、死んだか。いい気味だ、あんな奴」

「なんでい、親同然が店子に向かって、その言い草は？」

「何が店子だ、家賃を二十いくつも溜めやがって。宵の口に取り立てに行ったら、生意気に宴会なんかやってやがって、大家さんも、おひとつどうですか――かなんか珍しくお愛想を言うから、つい一杯やっちまったが、そのあと奴は、豪勢に酒肴なんぞくらってるくせに、家賃は一文だって払おうとしねえんだ。のらりくらりと言い抜けばかり。それで、わしはいい加減腹が立って帰ってきたんだ。ああいう不実なのは、店子じゃなくて、のらりくらりの穴子《あなご》ってんだ」

「なに落語のオチみてえのを言ってやがる、代理で来てるおいらの言うことが聞けねえのなら、本人にお出まし願うまでだっ」

「なに？　本人に？」

「ほれ、らくだの旦那、出番だよっ。♪　かんかんのう、きゅうれんす、きゅうはきゅうれんす〜」

太助さんの背後の闇からぬぼ〜っと現れた生ける屍が唄に合わせて踊りだします。

「ああ……ひぇー、白目剝いて死骸が踊ってる……」たまらず手を合わせる木兵衛さん。「……ああ、わしが悪かった。勘弁してくれぇ、酒肴は後で届けるから、この場は、どうか、お引き取りを――」


――てんで、かんかんのう興行のらくだ一座、奪い取った香奠の金で新たな酒を買ってくると、らくだの住処へと戻ってまいります。

すると、戸口の前に、人影が突っ立っております。その背後には大きな穴と、倒れた墓標の板切れが――。

驚いて人影に近づき、顔を覗き込む匕首の兄貴。その土まみれの顔は――。

「あ……源次……」

それから、足元の大穴に目を落とすと、そこには、早桶のつもりか蓋《ふた》の開いた四斗《しと》樽《だる》がございます。

「おい、源次、墓から甦って這い出してきたのか？　おめえも生ける屍に……なっちまったのか？」

しかし、源次さんは白目を剥いたまま「ウゴー」と唸るだけ。

「いいじゃねえか」と太助さん、「友達なんだろ？　通夜の仲間に入れてやりゃあ……」と源次さんの背中を押し、生ける屍は、よたよたした足取りで、らくだの家に入ります。

——すると、そこにも。

すでに座敷に上がり込んで、ぼ～っとしてへたり込んでいる人物がおります。

「ありゃ、月番の三吉じゃねえか——」と、匕首の兄貴が素《す》っ頓狂《とんきょう》な声を上げます。

「こっちも白目剥いて口開けてらぁ」

「なんだい、じゃ、あいつも甦ってここへ訪ねてきたってわけかい」太助さんのほうは、酒の力で至って豪胆であります。「なんだか、急ににぎやかな通夜になってきたな……まあ、いいや、みんなで飲みなおそうじゃねえか」

――てんで、喪主ふたりと生ける屍三人が、狭い座敷で車座になって盃を交わすという、なんとも心持ちの悪い通夜の風景と相成ります。と申しましても、屍たちは開きっぱなしの口から酒をこぼすばかりで、あとは「ウゴウゴ」と唸るだけ。喋るのはもっぱら匕首の兄貴と屑屋の太助さんのふたりだけという有様。

そんなこんなで、四半刻《しはんとき》、またしても戸口に新たな人影が――。

「おや、大家さん、早かったじゃねえか」と、この頃にはすこぶる上機嫌になっております太助さんが、笑顔で迎え入れます。「ああ、あんたも、さっき心持ち悪いとか言ってたが、やっぱり、ここの河豚を食って……死んだんだね。でも、死んだというのに、よく来てくれたよ。酒と煮しめもちゃんと持ってきて……さすが、大家は親も同然とはよく言ったもんだ。――さあ、ウゴウゴ唸ってないで、中へへえんなよ……ほら、ああ……よたよたして……老人は足元に気を付けねえと。せっかくの煮しめがこぼれちゃうから――」

――てな運びで、生ける屍が四人に増え、また半刻ほど通夜の酒宴が続きます。

「ところで、太助さんよ」先ほどからひどく居心地悪くなっている匕首の兄貴が申します。「このまま、だらだら飲み続けていると、そのうち夜が明けちまうぜ」

「ん？　そんな刻限か？」

「いや、まだそこまではいってないが、この先、どうするんだい、こんな、動く骸だらけの飲み会なんて、気味悪くて、もう我慢がならねえよ」

「けっ、意気地のねえことを言ってやがる。だいたい、この通夜は、おめえが始めたことじゃねえか」

「そりゃ、そうだけどさ……頓死《とんし》したらくだが不憫だと思ってたから……」

「そこだよっ！」と、突然大声になる太助さん。「……おいらだって、らくだの旦那のことは、不憫に思うよ。いくら嫌われ者だっつったって、犬猫じゃねえんだ。誰かがねんごろに弔ってやらなくちゃ……それに、らくだの旦那は、おいらにはよくしてくれたんだ。そこの月番や大家は、おいらが行くと嫌な顔するんだが、らくだの旦那は、また来いよ——なんて言ってくれた……屑屋にまた来いよなんて、相当の人格者じゃなきゃ言えないことだよ。屑屋やって、屑の道に通じてくると、誰が人間の屑で、誰がそうでないか、よくわかる」

「はあ、屑にも道があると……？」

「そう。茶道とかと同じ。嘘だと思うなら、おめえも屑屋やってみな」

「い、いや、それは遠慮しときますが」

「ともかくよ、そんなこんなで、おいらは心に誓った——らくだの旦那の葬儀は、この太助さんが立派に執り行ってみせますよ……あの世のらくださん、上のほうから見ていてください、この太助が必ずや――」

「らくだは、あの世じゃなくて、すぐ目の前にいるんだけども」

「つまんない奴だね、お前というものは。そうやって酒飲むばかりで、役に立つどころか、ひとの揚げ足ばかり取ってやがる」

「じゃ、どうしろと？」

「ん……らくだの旦那を、これから火屋《ひや》に持っていこうと思う」

「十分飲み過ぎてますから、冷酒《ひや》はもう結構で」

「だからさぁ、オチに行くのはまだ早いてんだよ。火屋というのは、火葬場《やきば》のこと。冬だといったって、一日も経てば、昼間は臭くなって蝿《はえ》もたからぁ。焼いて綺麗さっぱりお骨にしちまえば――」

「だが、火葬はえらく金がかかるというし、貴人様とかがするもんなんだろ？　俺ら庶民は……土葬にしたほうが簡単だし、よくはねえか？」

「嫌だねぇ、浅知恵の輩は」そこで声をひそめて、「おめえの仲間の源次の有様を見ただろ。埋めたところで、すぐに飽きて『ウゴゴー』って墓から這い出してくらぁ」

「そ、それはもう勘弁だな」

「だから、やっぱり火葬で成仏してもらう。火葬と言えば、徳川二代将軍の奥方だった崇源院《すうげんいん》様が、麻布《あざぶ》龕《が》善坊谷《ぜんぼうだに》で焼かれているが――」

匕首の兄貴がひどく感心した顔で、

「屑屋さん、あんた、ほんとに、ひらがなしか読めないのかい？　なんでも知ってるんだねえ……」

「うむ、おいらは屑の道を極めた男だからな」

「はいはい、屑道家ね。――でも、麻布だと、ちと遠いぜ」

「ああ、わかってるよ。だがな、ここから近い鈴ケ森《すずがもり》の刑場のそばに、できたばかりの新しい火屋があるんだ。そこへ行きゃあ、おいらの友達がいて隠坊《おんぼう》やってるから、ちょいと鼻薬《はなぐすり》を利かせてやりゃ、焼いてくれて、坊さんに頼む手間も金も省けるというもの。――どうだい、そういう段取りで？」

「そりゃいいが、どうやって運ぶ？」

「まあ、骸本人は動けるんだから、一緒に歩いて行ってもらってもいいんだが、動作がいかにもトロいからな……あの源次の墓穴から四斗樽を取り出して、そこへ詰め込んで、ふたりで担いで行くのが、はええだろう」

「他の……ひい、ふう、残りの三人の骸はどうするよ？」

「知ったことかよ。さっきも言ったが、奴らには親類縁者がいるんだろ。そのうち探しに来て引き取っていくだろうさ」

「それもそうだな。……じゃ、行くか――」

「おっと待ちなよ。このまま連れていく気か？　これから極楽へ行くお方だ、湯灌《ゆかん》ぐらいしてこの世の垢を落としてやんねえと――」

「でも、今から湯を沸かすのかい……？」

「あー、面倒臭えな……まだ酒が余ってるだろ。酒は消毒になるというから、それでちゃちゃっと拭いてやれ」

「へえ」

「それから剃刀《かみそり》あるか？」

「え？　……ここには、女っ気もないし、そんな洒落《しゃれ》たものはないと思うが……」

「んー、じゃ……そうだ、おめえ、匕首の二つ名があるんだから、持ってるだろ？　懐の匕首寄こせや」

「ひえー、乱暴はしないで……言うことはなんでも聞くから――」

「バカヤロ、通夜で喪主を刺してどうするんだよっ、匕首はね、らくだに使うんだよ」

「死んでるらくだを……また……刺し殺すのか？」

「通夜で死骸を刺し殺してどうするんだよっ。んもう、……嫌だねえ、常識のない人というのは。ほら、らくだの頭を見ろよ、伸び放題じゃねえか。ここには親族も坊主もいないんだから、せめて俺らで奴の頭をぐりぐり丸めて、仏のかたちだけでもつけてやろうと、そのための刃物がいるんだよっ」

「へいへい……」

——てんで、匕首の兄貴がらくだの身体を酒で拭いてやり、太助さんのほうは、「どうせ死んでるんだから痛かねえだろ」と、匕首で頭をがりがりと乱暴に丸めてしまいます。それから、らくだを四斗樽に詰め込み、荒縄で引っ括って、しんばり棒を通し、ものすごくテキトーな早桶ができあがります。

「さあ、出かけるぞ」

「でも、太助さん、夜道を照らす提燈《ちょうちん》がねえと……」

「伊達に屑屋やってんじゃねえや、ここいらは毎日回ってっから、道案内は心得てるよ。おいらが先棒やるから任せておけ——ほんと、使い物になんねえな、博徒てえものは。ほれ担ぐぞ、よいしょっと……ああ、やっぱり死骸は屑より重てえな……あはは」

元気いっぱいの太助さん、戸口のところで振り向いて、「おい、ちょいと行ってくるからな。ご遺族が迎えに来るまで、そこで、おとなしく留守番しとけよ」と言うと、後に残された三人の生ける屍たちが、口々に「ウガー」「ウゴゴ」と白目を剝いてお見送り——。

——てんで、早桶の一行が鈴ヶ森の火屋を目指して参りますが、すぐに匕首の舎弟が音を上げて、

「ああ、太助の兄貴、やっぱり重いよ〜」

「てやんでぃ、こっちは楽しくてしょうがねえわ。ほれ、わっしょい、わっしょいっ！」

「祭りの神輿《みこし》担いでんじゃねえんだから……」

「駕籠かきの掛け声はアリャアリャ、アリャアリャだっけか。——ま、いいや。早桶も仏さん乗せてんだから神輿と一緒だっての。ほれっ、神仏担いで祭りだ、♪　わっしょい、わっしょい、そーれそれそれ、お祭りだぁ〜」

「兄貴、そんな大声出して、寝てる子も起きてきちゃいますよ……」

「じゃ、お得意のかんかんのうでも唄ってみっかっ？　♪　かんかんのう、きゅうれんす、きゅうはきゅうれんす〜」

「ああ、兄貴、それも駄目だ。それ唄うと、今度は死人が起きてくるから」

――と、ここでオチとしても宜しいのでございますが、酒が頭に昇った屑屋の――

いつの間にか――兄貴分を、最早、誰も止めることはできません。

「おらおら、どけどけ、らくだの神輿のお通りだぃ！」

「兄貴、お願いだから、そんな大声は……ほんと、世間様を起こしちまうから――」

「心配すんなっ、夜のこの界隈なんて、起きているのは野犬ぐれえのもんだから」

今でこそ高級住宅やホテルの立ち並ぶ高輪でございますが、当時は屑屋の兄貴が言うように野犬の多いことで知られておりました。早桶一行が高輪から品川へ向かう下り坂に差し掛かった時、騒々しい唄声に誘われたのか、その恐怖の野犬集団が集まってまいります。

「ああ……兄貴、ほら、野犬を呼び寄せちまったよっ。そんな唄、唄うから……あ、あ、咬みついてくるよ……」

「ええい、そこのけ、そこのけ、犬っころどもっ、仏様のお通りなんだから……吠えるなって……わかんねえのか？　この桶ん中には漬物じゃなくて、仏が入ってるのっ。ホ、ト、ケだよっ。犬にも仏性《ぶっしょう》ありって言うだろがっ」

「兄貴、野犬はブッショーじゃなくて物騒《ぶっそう》だよっ」

「なに、落語のオチみてえな泣き言を言ってんだ、おめえも、かんかんのう、でっけえ声で唄えば、犬なんぞ、尻尾巻いて逃げていかぁ。♪　かんかんのう、きゅうれんす〜」

「駄目だめ……兄貴がそれ唄うと変なのが寄ってくるんだから……ああ、ほら、白目剝いて、肉が崩れて骨のはみ出た、でっけえ黒犬が来た〜っ。ああ、あれは……犬の生ける屍にちげえねえっ」

「バカヤロ。『培悪破挫啞怒《バイオハザアド》』じゃあるめえし、そんな化け物犬なんて――」

「は、バイオ……なんすか、それ？」

「嫌だねえ、未来予測のできない人は――ずっと先に、そういう外題の戯作が大人気になるんだよっ」

「なんだか知らねえが……ああ、太助の兄貴、その培悪犬が咬みついてきたよぉ……きゃー」

「うぐう、こっちにも、畜生、脚に咬みついてきやがって……ああ、駄目だよ、こらっ、しっしっ、あぎゃあああああ〜」

「うぎゃわわわ〜」

――てんで、担ぎ手のふたりが、培悪犬に咬みつかれ、脚をもつれさせ、嗚呼《ああ》、運が悪いことに、そこは高輪難所の急な下り坂で――担ぎ手、早桶、培悪犬、その他の野犬もろとも、転げ落ちてしまいます。

その挙句に坂下の大石に激突、早桶から投げ出されたらくだが、のそりと立ち上がって、「ウゴーッ」と唸りながら、培悪犬を無慈悲に踏み潰しにかかり、一方、太助の兄貴はしんばり棒で、匕首の舎弟は匕首で応戦、その他の野良犬をビシバシとしばきまくります。

そんなこんなの大立ち回りで、ついに野良犬集団を撃退した一行ですが、見れば激突の衝撃で荒縄も切れ、四斗樽の底も抜けているという有様。

「あちゃ〜、これじゃ、もう早桶の用はなさねえな」と太助の兄貴。

「どうしよう?」

「仕方ねえから……」と、らくだのほうを向いて、「あんた、それだけの立ち回りができるんなら、もうこの先は、自分で火屋まで歩いて行けや。――ほら、せっかくだから空の早桶を被ってさ……そうそう、できるじゃねえか。俺が手を引いてやるから、匕首は後ろから押してやれ。――ほな、行くぜ!」

――てなわけで、てんやわんやの早桶一行が、再び鈴ヶ森の火葬場目指して始動いたします。

「♪　それいけ、わっしょい、かんかんのう、きゅうれんす〜」

「ウゴウゴ〜」

「兄貴ぃ〜、待ってくれぃ〜」

しかし、品川から鈴ヶ森までは一直線。休まず行進したおかげで、ようやく火葬場が見えてまいります。

「おおい、杉作、おいらだよ、太助」

火葬場で薪《まき》を積み上げていた隠坊が振り向きます。

「おや、こんな時分にどうしたい？」

「なに、切手はねえんだが、ちょちょっと尾頭付きで焼いてもらいてえのがあってね」

「焼き魚みたいに言うね。で、ご遺体は？」

「ここに、早桶を被ってるらくだの馬さんで。焼き代は、ほら、払うから」

朝から働きづめで疲れた顔をした杉作さんは、そちらのほうを見もせずに、薪を積み上げながら、

「らくだだか馬だか知らねえが、でっけえ動物は、少し余計に薪代がかかるぜ。だが、まあ、御用納《ごようおさ》めってことで、安くしとくよ。さっさと早桶に詰めて、この薪の上

に乗せてくんな」

「よし、わかった。いま桶の底を直して詰めなおすから……」

——てんで、ふたりは、底を直した早桶にらくだを詰め込むと、積み上げられた薪の上に乗せます。相変わらず焼かれる対象には目もくれず、薪に火を点ける杉作さん。

匕首の舎弟が、

「見ろよ、屑屋の兄貴、桶の縁から、らくだの坊主頭が覗いて、まるで風呂にへえってるみてえだねえ」

「——だなぁ。五右衛門《ごえもん》風呂ってのは、まあ、こんなもんだったんだろうよ。おーい、らくだ、湯加減はどうだぁ？」

——なんて、無責任なことを言い合っているところへ、ひとりの僧侶が通りかかります。このお方、芝高輪は文福寺《ぶんぷくじ》の住職をしている無門道絡《むもんどうらく》というご仁《じん》。檀家の遅い火急の火葬で祈禱のお勤めをした帰りでございました。

「ありゃ、ご住職じゃないですか？」と、鉄火場《てっかば》の丁半小博奕《ちょうはんこばくち》で顔を見知っていた匕首の舎弟が声をかけます。

「おお、匕首の松九さんに屑屋の太助さん、こんなところで、どうなされた？　お身内が他界でもされたか？」

「へえ、仲間のらくだの馬之助が河豚に中っちまいまして――」

「なに、河豚に中ったと？」

「そうなんですよ。実は――」と、事ここに至った経緯を最初から話し始める匕首の舎弟。

それを聞いた道絡師が血相を変えて、

「――じゃ、あそこの火にかけられている早桶の中にらくだが？」

「へえ……」

「馬鹿者っ！」と言うが早いか、道絡師、そばにあった水桶を引っ摑みます。「火を消すんじゃや！」

その時、火炙《ひあぶ》り状態の五右衛門風呂から「ウギャー」という物凄い悲鳴が――。

火急の事態を察知した隠坊の杉作さんも水桶を取り、道絡師と一緒に火に水を浴びせかけます。

ジューという音とともに、白い水蒸気が立ち昇り、それと同時に早桶がバンッと弾けて、身体から煙を発したらくだの巨体が転がり出ます。その身体にも即座に水をかけてやる道絡師――。

その場に昏倒《こんとう》したらくだの身体は、幸いにして、まだ燃えてはいない様子。湯気が立ち昇るらくだの身体を呆然として見下ろしながら太助さんが尋ねます。

「ご住職、らくだは、死んでるんではなかったので？」

道絡師は険しい顔で、

「死んではおらんよ……」

「じゃ、生きていたと？」

「いや、精確には、生きているとも言えんな」

「じゃ、こいつは、いったい……？」

「らくだは――存否《ゾンビ》になってしまったのじゃ」


処《ところ》変わって、雨森長屋のらくだの家。戻って来た太助さん、匕首、道絡師の三人は火葬場から救い出したらくだを床に寝かせると、事件を振り返って話を始めます。

「ご住職、その存否《ゾンビ》ってのは、なんのことですかい？」と、すっかり酔いも覚め、素に戻った屑屋の太助さんがまず尋ねます。

「存は生存の存――生きているということだな。いっぽう、否《び》は否《いな》――そうではないということ。つまり存否《ゾンビ》で、生きていて、生きていない者……まあ、生ける屍のことを学者はそう呼んでおる」

「生ける屍……なんか、わかったような、わからないような……」

「ふむ。この事不思議を精確に説明するなら、まず河豚の卵巣に含まれる毒——手吐露奴徒鬼心《テトロドトキシン》のことから解き明かさねばならない」

「テトロ……むにゃむにゃ鬼心ですか……なんか難しい名前ですね」

「ああ。これから話す面妖なる事柄の数々は、すべて『和漢三才図会《わかんさんさいずえ》』の別巻『怪異三才図会』の鬼毒の章に記されていることじゃ」

「妙な本で勉強されましたね」

「ふむ、わしはこの本で、内外の三百種以上の毒について知識を得た。ちなみに、わしは、大八車の轍《わだち》の跡百五十種についても精通しておる」

「妙な蘊蓄《うんちく》自慢をする坊さんがあったもんだね」

道絡師、藪睨《やぶにら》みの目でじろりと睨むと、苛立たし気に、

「百年、二百年もすれば、そういうことが捕物とかで必要になってくるのっ。話が進まんから、次行くぞ」

「へへい〜」

「手吐露奴徒鬼心《テトロドトキシン》の毒が人に用いられたというのは外国に例があってな——阿蘭陀《オランダ》の

さらに西方にある亜米利加《アメリカ》大陸の開力比《カリブ》海に海地《ハイチ》という島があってな――」

「そんな、遥か遠く西のほうの島……西方浄土《さいほうじようど》のことですか？」

「いや、浄土ではない。さすがにわしも詳しくは知らんが、そこが、仏があらせられるような清らかな土地ではないことは確かだ。……まあ、浄土の反対の穢土《えど》かもしらん」

「へ、エド……ですか？　あっしらの住んでいる江戸のこと――？」

「その江戸じゃなくて……凡夫の居る穢《けが》れの多い国土のことをそう呼ぶのじゃ」

「じゃ、やっぱり、こちらの江戸と同じじゃありませんか」

「うーん、まあ、そうとも言えるかもしらんが……ああ、うるさい、いちいち引っかかるねえ、お前というものは。話が先に進まんから、次に行くぞ」

「へへい～」

「その江戸じゃないほうの穢土の海地《ハイチ》島に舞有動《ブウドウ》教という邪教があってな――あのね、葡萄《ぶどう》食べる宗教じゃなくて舞有動《ブウドウ》教だからねっ」

「へい、なんとかついて行っております……」

「その舞有動《ブウドウ》教の呪術師が、手吐露奴徒鬼心《テトロドトキシン》の毒を人に用いて、生ける屍――存否《ゾンビ》を作り出すというわけなんじゃ」

「その……穢土でも江戸みたいに河豚食ったりするんですか？」

「いや、江戸でない穢土では――ああ、面倒くさいなっ……その海地島《ハイチ》では、河豚ではなく蝦蟇から手吐露奴徒鬼心《テトロドトキシン》の毒を抽出しているらしい」

「へえ、蝦蟇から……で、その鬼心の毒を人に用いるとどうなるんで？」

「ふむ、まず気の道がやられ、手足が痺れ――」

「河豚中毒も、手足が痺れますよね」

「気の道がやられるから、呼吸も脈も止まる」

「へえへえ」と、匕首が口を挟みます。「あっしが診た時も、確かに息と脈がなかった」

「しかし、それは仮死の状態であって、そのまま土葬されても、墓から甦ってくることがあるのじゃ」

「源次がそうでやんした」と、松九が口を挟み、

「じゃ、やっぱり」と太助さんが言います。「らくだは生きているってことで？」

「さあ、そこが存否《ゾンビ》――生ける屍の問題のややこしいところなのじゃがな……手吐露奴徒鬼心《テトロドトキシン》の毒は、実は気の道から頭に昇る。そして、その一部を侵害する。じゃから、肉体は生きているが、頭のほうは死んだに等しい損傷を受けてしまうのだ。

そこにいるらくだは、顔も身体もらくだだが、頭の中身は、もう以前のらくだではない。もう自分自身の考えも感情も持てない、その意味で元のらくだはもう死んでいるということになる。今は、大人の言うことを無批判に聞いてしまう、まっさらな稚児《ちご》のような状態になっておるのだ。そして、それこそが、海地島《ハイチ》の呪術師の最大の目的だった。呪術師は、領主などの命を受け、命令者の言うことをなんでも聞く生ける屍の奴隷を作り出し、その存否《ゾンビ》を労働力として便利使いしようという魂胆だったわけなのじゃ」

「なるほど」太助さんが狭い座敷に、鬱陶《うっとう》しくも鮨詰《すしづ》め状態の四人の存否《ゾンビ》を見渡して言います。「どいつも、こいつも、白目剝いて唸ってるだけで、妙にこっちの言うことは素直に聞くと思っていたが――存否《ゾンビ》になっていたとは……」

と、その時、戸口に立つ人影が。見れば、横に岡《おか》っ引《ぴ》きを従えた、出役姿のお役人でありました。

「南町奉行所から参った」

「へえ……」と答える太助さん。

「先般、自身番に届け出があり、各戸、検分を致しておる。長屋の大家木兵衛と月番の三吉が行方知れずと家族よりの訴えが出ておるのだが、両名の存否《そんぴ》の確認を致したく――」

みなまで聞かぬうちに太助さんが答えます。

「へえ、存否《ゾンビ》の確認は、いま済んだところでございます」

落語魅捨理《ミステリ》全集　好事家のためのノオト

山口雅也

本篇における筋や登場人物は、古典落語（一篇のみロアルド・ダール作品のトリビュートを含む）等に基づいた純然たるフィクションである。しかし、考証などを気に掛ける好事家乃至《ないし》歴史愛好家の読者のために、ここで二、三のお断りをしておくことにする。

本篇中に出てくる諸般のものども——例えば、『坊主の愉しみ』に小道具として出てくる、西洋のライターを思わせる刻み煙草用点火器というのは、平賀源内（享保—安永）が発明した実際に存在する発明品であるし、『そこつの死者は影法師』で語られる永代橋大崩落は、江戸時代——文化四年八月十九日に起こった現実の歴史的事件である。

また、作中で語られる書画骨董の類も出来得る限り現実のものを用いているが、虚構も混在している（例『らくだの存否』で言及される『和漢三才図会』は実在の書籍であるが、別巻の『怪異三才図会』なる書物は存在しない）。

ことほど左様に、独立した一篇の範囲内での、できる限りの時代考証には意を用いてある。しかし、『らくだの存否』で語られる、両国の見世物に来た駱駝に関する話題は、江戸時代後期の文化文政年間の出来事であり、ほかの各篇とは同じ江戸時代でも時期的な隔たりがある。つまり、各篇に共通する登場人物たちは、特定の時期に偏ることなく、二百六十五年間の江戸時代を通して生きていたということになるのである。

本書が目指したものが、厳正な時代小説・歴史小説ではなく、大摑みに江戸時代全般に材を取った《落語》小説であることを、ここに再度お断りしておく。

――おあとが、よろしいようで。

※本文中に、現代の基準からは不適切と受け取られかねない記述があるかと思われるが、これは江戸時代当時の人々の常識・倫理観等をリアルに再現するという企図に基づくものであるということを読者諸氏にはご理解いただきたい。

参考文献『古典落語』（興津要編　講談社文庫）全巻

解説

立川《たてかわ》がじら（落語家）

さあ巻末のお楽しみ、解説のコーナーでございます。この、ミステリ史のみならず落語史にも確かな足跡となるであろう『落語魅捨理全集』のこの度の講談社文庫化、誠に御目出度うございます。解説のお役目を頂きました落語家の、立川がじらと申します。

私のことをご存じない百万人（もっと？）の方に偉い人の名を借りご説明いたしますと、あの立川談志《だんし》の孫弟子にして、立川志《し》らくの弟子であります。どうぞしばしのお付き合いを。

さて落語とミステリという、一見遠いようで実に近しいこの二つ。私をこれまで魅了してきた二本の柱です。山口先生とのご縁は、私の座右の書である『ミステリーズ《完全版》』のある一編から着想を得て新作落語を自作したことに始まります。この話を方々でしていたら、なんと先生ご本人がそれを知り、私の独演会にご来場くださったのです。そしてこの『落語魅捨理全集』をご恵投頂きました。

拝読して感激。『ミステリーズ《完全版》』が私にとって理想の新作落語だとすると『落語魅捨理全集』は理想の古典落語だったのです。

ミステリにおいて山口先生が実践されている、最新の科学や人文研究の成果を盛り込んだ刺激的で途方もない実験の数々は、私が落語に対して成し遂げたいことと同じであると、僭越《せんえつ》ながら思っています。


それでは、以下で収録作をひとつずつ解説申し上げます。


『坊主の愉しみ』

記念すべき全集のオープニングを飾る表題作は、マスター・オブ・落語魅捨理であります無門道絡師の登場です。マクラもバッチリと、飲む・打つ・買うの三道楽のご紹介から入ります。余談ですがこの三つの道楽というのは、お馴染みの亭号《三遊《さんゆう》亭《てい》》の由来になったほどに、お楽しみのスタンダードとなっております。ここで早速、落語の歴史に新たな一ページが加わってしまうのでございますが、もう一つの男の道楽、つまりは「蒐集《しゅうしゅう》」。山口先生の読者の方でしたら、分かりすぎるほどに分かってしまうことでしょう。第四の道楽となる最も狂気を含んだこの癖を入り口にして、落語魅捨理の世界の幕が開きます。

『猫の皿』をベースに、一味違って展開するストーリーは、ギャンブラーの真剣勝負にまで到達します。『時そば』の要素あり『犬の目』のあのシーンを思い描きながら『千両みかん』の不運な番頭を彷彿《ほうふつ》とさせるようにして、従来の落語ではダシに使われるだけの物言わぬキャラクターだった猫の行先、どこへやら。茶屋の親父の過去にも『付き馬』や『お直し』といった廓 噺《くるわばなし》のエピソードが見え隠れして、落語ファンを楽しませる要素たっぷりに、山口作品を不気味に横断する《猫》の姿もここに現れます。

『品川心中幽霊』

さて第二作は遊郭が舞台、冒頭で引用される狂歌は『紺屋高尾《こうやたかお》』等、廓の噺、それも遊女と客の恋愛ストーリーでお馴染みであります。惚れた女のところに通って通って、それでも結局のところ振られちまうのが落語らしくってキレイなのですが、果たして真実の恋はそこにあるのか。いつの時代もメイン・テーマになるところです。がっつり『品川心中』という、遊女と客のエコノミクスがそのまんま女と男のエコノミクスになる噺です。殊に品川は、廓が舞台の傑作『居残り佐平治』の生まれた独特の土壌があります。潮風の薫る、少しサビたところのある品川は、吉原と比較すると人間関係の趣がクールでカッコよいかと存じます。

落語の『品川心中』は、紋日の資金に悩む板頭《いたがしら》の女郎・お染《そめ》（本作では渦巻さん。いい名です）が騙した貸本屋の金《きん》さん（本作ではうっかりの八兵衛さん。ニュー八っつぁんの方です。ちなみに原作の金さんの顔が見たい方は、落語題材ムービーの大傑作、川島雄三《かわしまゆうぞう》監督『幕末太陽傳《ばくまつたいようでん》』をご覧ください。小沢昭一先生が演じておられます。これがもう……すみません、括弧の中だけでどんどん長くなってしまいました）が棟梁たちの力を借りて逆襲を仕掛けます。幽霊のふりして女郎を懲らしめてやろうという、現実的にまあ可能な内容となっております。ところが落語魅捨理版はそんなに甘くないのです。二転三転する八兵衛さんの運命、ミステリファンの想像の更に一歩先まで進みます。なんともいえない読後感に、在りし日の品川が浮かんできます。

『頭山花見天狗の 理《ことわり》』

落語の世界にはいいかげんな医者がつきもので、そのものズバリ『藪《やぶ》医者』という演目もございます。医学の発達も十分でなかった時代、医者というのは「治るのだ！」というプラセボ効果をもたらす心のお医者さんだったのかもしれません。この度ご登場のドクター藪野筍心はどれだけ信頼できるでしょうか、私は受診を遠慮しますが……。

春、ポカポカ晴れた日にノンビリ聴きたい噺というのがあります。『頭山』や『花見の仇討』。この二つの噺が見事に合わさったのが本編です。いや、賑やかな仇討が桜庭種衛門の頭の上におさまってしまったというべきでしょうか。『頭山』は数ある落語の演目の中でもとりわけ、他の表現形式では成立しない噺とされています。実写化不可能なのです。叙述トリックが仕掛けられているから、というわけじゃありません。有名なオチなので記しますが「自分の頭のてっぺんに空いた穴に自ら飛び込む」という、ナンダカワカラナイ状況。こんなものは話芸の話し言葉以外でどう表現できるてえのか、ということです。

山口先生は本編で、話芸のうちに留まりながらもかつてない合理的な解釈を小説の形で表現されています。位相幾何学の次元と落語の次元とを交差させるのに最も適した次元。それこそが《落語》小説の次元であると考えられます。

『蕎麦清《そばせい》の怪』

再び《猫》が登場。それも、道絡師の愛猫は貫禄十分の鈴音ちゃん。そして密室からの消失事件。落語で人体消失の謎といったら、これはもう『蕎麦清』にとどめを刺します。いわゆる考えオチの代表作のような噺ですが、これは視点を変えれば不可能犯罪ともいえるでしょう。しかしよくよく考えてみればこの考えオチ、明確に噺の中で解決が示されないわけですから、もしかしたら別の真相があるかもしれない……。

そんなことを示唆するのが、落語魅捨理の世界です。

『蒟蒻《こんにゃく》問答』のワンシーンのように禅寺の内部が描写され、どうやらこの時は禅宗のご住持であった道絡師。個人的に嬉しいのは《御璽羅《ゴジラ》》の存在に言及があるところで、実はゴジラは、私立川がじらの名前の由来を遡って行きますと……続きは高座で喋りますね。本編にはまた、シャーロック・ホームズの探偵譚を匂わせるくだりもあり、これぞ落語魅捨理の懐の深さであります。

『そこつの死者は影法師《かげぼうし》』

「朝顔に釣瓶取られてもらひ水」。今の石川県は白山市（旧松任《まっとう》市）生まれの加賀の千代として知られる歌人の作です。このエピソードを盛り込んだ落語もあり、誰もが感じる夏の朝のキラキラした情景にどこかホッとするものであります……が、そこへ飛び込んでくるのはドッペルゲンガーとあらば、ぼんやりした不安なんてものじゃない大事件の始まりです。

本編での道絡師の登場シーンは特筆もので、まるで夢野久作御大『ドグラ・マグラ』でチャカポコ振る舞う正木敬之《まさきけいし》博士のようです。映画版で桂枝雀《かつらしじゃく》師匠が演じておられましたが、道絡師のヴィジュアルが枝雀師に重なり立ち上がりくる、ひとつのドッペルゲンガー体験とも言える経験をいたしました。

さて『粗忽《そこつ》長屋』という噺、かなり人気が高くこの噺に衝撃を受けたという方が多くいらっしゃいます。立川談志はこの主人公を「主観の強い奴」と認識し直し『主観長屋』という題で高座にかけたこともあります。山口先生の本編を読んで感じたのは、この謎にまつわる客観的な論証……そう、まさに『客観長屋』とでも呼ぶべきテーマが浮かび上がります。

そこからの、オチの連打の雨あられ！　ラストに至る展開とその果ての本オチ。この一連の流れはセリフの語感もテンポも間も、見事に話芸のフォーマットにはまるように出来ており、名実ともに落語そのものでございます。落語作家の皆さん、読んで！

『猫屋敷呪詛《じゅそ》の婿入り』

こちらはまたしても《猫》。そして落語世界の大スター与太郎の登場です。『ろくろ首』をベースに『短命』の事件パート、そこから怪談の色が一気に濃くなって……。

現代では怪談というものは大変な市民権を得て、夏ばかりでなくオールシーズン楽しめるものになっています。笑わせるでも、泣かせるでもない怪談噺は、技術的には最も難易度が高いと思うこの頃です（急に大きい声出すのと、懐中電灯で下から顔を照らすのは禁止！）。怪談の成立に、明治期における三遊亭圓朝《えんちょう》師の『牡丹燈籠《ぼたんどうろう》』をはじめとする数々の大作の存在があったのはご承知の通りですが、やる瀬なくて切ない、それでいて怖ろしい物語は、人間の情操に必要なものなのかもしれません。

さあ道絡師は坊主としてこの怪奇に果敢に立ち向かいます。『もう半分』の、あの世とこの世を横断するような場面も経て、オチまでたどり着いたら一安心。落語『ろくろ首』の、滑稽噺パートがひたすら馬鹿馬鹿しく、人間の本性というものについて考えてしまいますね。

『らくだの存否《ゾンビ》』

東西落語界の大ネタといったら、なんといっても『らくだ』です。長屋の乱暴者を巡る悲喜劇は、多くの芸人にとって憧れの演目であり続けます。

この落語魅捨理版『らくだ』の何よりも怖ろしいところは、古典落語のアップグレードを完全に成功させてしまったところにあります。今後『らくだ』は本編のように演じられるべきであると、私は思うのです。

細かいところを申し上げていきますと……ちょっと内容に入っていきますね。是非先に本編をお読み頂き、できれば落語の『らくだ』も聴いてください。

まず、らくだの死骸を見つけた兄貴分が、入ってきた屑屋に対して身を隠したままつ「死人のかんかんのう」を踊らせます。この咄嗟《とっさ》の行動が後に繋がる。とても筋が通ていいます。おまけに、屑屋が長屋をまわる際「死人にかんかんのうを踊らせてご覧に入れます」とやるところ、本編では「ご本人よりお願い申し上げまする」となる。なるほど、こちらの方がわざわざ死骸を運ぶことの説得力があります。

極め付けは、人々のゾンビ化です。よみがえる死者——これぞ、あの日本探偵小説史に残る大傑作『生ける屍の死』でも扱われた、いわば山口雅也十八番《おはこ》でございましょう！　ブウドウ教で人をゾンビ化させるのに用いると言われているのは、河豚《ふぐ》毒であるテトロドトキシンです。落語の通り河豚に中《あた》って死んだらくだは、ゾンビとしてよみがえるのが現代エンターテイメントとして正解なのではないでしょうか。

山口先生は、古典落語『らくだ』にまつわる謎を、見事に解き明かしたのみならず、よみがえらせたと言えます。本編に触れることができたのは、落語家として幸福といってよいほどの喜びです。

おしまいに、私とミステリについて少し。

始まりはいつかの小学校の図書室の一角、江戸川乱歩の少年探偵団シリーズを手に取ったことは、まさに聖典との出会いでした。その後、母の書棚にエラリー・クイーンや横溝正史らの作品群を発見したとあれば、少年の興味は自然と定まるはずです。世の中は講談社のメフィスト賞が大ブームで、とんでもない作品が日々生まれていく日々。

上京して明治大学に入った私は、まず「ミス研」へと向かいました。そう、明大ミステリ研究会です。ポーから最新のミステリまで、先輩方と語り明かせる日々。そして合宿では奇ッ怪な殺人事件が……となるはずが、気づけば明大落語研究会の方に入り浸っていたのです。なぜミス研からオチ研への瞬間移動が行われたのか。これが私の直面した人生最大の謎です。しかしこの謎、もう解けてしまいました。

落語もミステリも大した違いがないということが、この本を読んでハッキリわかってしまったのですから。

山口雅也著作リスト

1『生ける屍の死』　一九八九　光文社文庫／永久保存版・光文社
2『キッド・ピストルズの冒瀆』　一九九一　光文社文庫
3『13人目の探偵士』　一九九三　講談社ノベルス・講談社文庫
4『キッド・ピストルズの妄想』　一九九三　光文社文庫
5『ミステリーズ』　一九九四　講談社・講談社ノベルス・講談社文庫
6『日本殺人事件』　一九九五　角川書店・角川文庫・双葉文庫　第四十八回日本推理作家協会賞受賞
7『キッド・ピストルズの慢心』　一九九五　講談社・講談社ノベルス・講談社文庫・光文社文庫
8『ミステリー倶楽部へ行こう』　一九九六　国書刊行会・講談社文庫
9『垂里冴子のお見合いと推理』　一九九六　集英社・講談社ノベルス・講談社文庫
10『續・日本殺人事件』　一九九七　角川書店・角川文庫
11『マニアックス』　一九九八　講談社・講談社ノベルス・講談社文庫

12『マザーグースは殺人鵞鳥《マーダー・グース》』一九九九　原書房
13『ミステリーＤＩＳＣを聴こう』一九九九　メディアファクトリー
14『続・垂里冴子のお見合いと推理』二〇〇〇　講談社・講談社ノベルス・講談社文庫
15『奇偶』二〇〇二　講談社・講談社ノベルス・講談社文庫
16『ＰＬＡＹ　プレイ』二〇〇四　朝日新聞社・講談社ノベルス・講談社文庫
17『チャールズ・アダムスのマザー・グース』二〇〇四　国書刊行会　翻訳
18『チャット隠れ鬼』二〇〇五　光文社・光文社文庫
19『ミステリー映画を観よう』二〇〇五　光文社文庫
20『古城駅の奥の奥』（『ステーションの奥の奥』改題）二〇〇六　講談社・講談社ノベルス・講談社文庫
21『山口雅也の本格ミステリ・アンソロジー』二〇〇七　角川文庫　編纂
22『モンスターズ』二〇〇八　講談社・講談社文庫
23『キッド・ピストルズの最低の帰還』二〇〇八　光文社・光文社文庫
24『垂里冴子のお見合いと推理 vol.3』（『新・垂里冴子のお見合いと推理』改題）二〇〇九　講談社・講談社文庫

25『キッド・ピストルズの醜態』二〇一〇　光文社・光文社文庫
26『狩場最悪《カリヴア》の航海記』二〇一一　文藝春秋・文春文庫
27『謎《リドル》の謎《ミステリ》その他の謎《リドル》』二〇一二　早川書房
28『落語魅捨理《ミステリ》全集　坊主の愉しみ』二〇一七　講談社・講談社文庫
29『奇想天外［復刻版］アンソロジー』二〇一七　南雲堂
30『奇想天外［21世紀版］アンソロジー』二〇一七　南雲堂
31『ミッドナイツ』二〇一九　講談社
32『アリバイ』二〇一九　原書房　翻訳
33『八人の招待客』二〇一九　原書房　翻訳
34『刑事コロンボの帰還』二〇二〇　二見書房　総指揮
35『甘美で痛いキス　吸血鬼コンピレーション』二〇二一　二見書房　総指揮
36『Death of the Living Dead』二〇二一　ＡＭＭＯ　英訳版

初出一覧

「坊主の愉しみ」
ハヤカワミステリマガジン　2016年9月号

「品川心中幽霊」
メフィスト　2017年VOL. 1

「頭山花見天狗の理」
書き下ろし

「蕎麦清の怪」
書き下ろし

「そこつの死者は影法師」
書き下ろし

「猫屋敷呪詛の婿入り」
書き下ろし

「らくだの存否」
書き下ろし

●この作品は、二〇一七年五月に小社より刊行されました。

|著者| 山口雅也　1989年『生ける屍の死』でデビュー。1995年『日本殺人事件』で第48回日本推理作家協会賞を受賞。2002年に発表された『奇偶』は、「偶然」という概念を型破りともいえる視点で扱い、ミステリーの新たな到達点を示した。他著書に『キッド・ピストルズの冒瀆』ほかのキッド・ピストルズシリーズ、『垂里冴子のお見合いと推理』ほかの垂里冴子シリーズ、『ミステリーズ』ほかのMシリーズなどがある。『ミステリー映画を観よう』など、評論も多くものしている。

落語《らくご》魅捨理《ミステリ》全集《ぜんしゅう》　坊主《ぼうず》の愉《たの》しみ

山口雅也《やまぐちまさや》

2021年11月16日第1刷発行

発行者——鈴木章一
発行所——株式会社　講談社
東京都文京区音羽2-12-21　〒112-8001
電話　出版（03）5395-3510
販売（03）5395-5817
業務（03）5395-3615

Printed in Japan

講談社文庫
定価はカバーに
表示してあります

KODANSHA

デザイン—菊地信義
本文データ制作—講談社デジタル製作
印刷———豊国印刷株式会社
製本———株式会社国宝社

ISBN978-4-06-525833-0

講談社文庫刊行の辞

二十一世紀の到来を目睫に望みながら、われわれはいま、人類史上かつて例を見ない巨大な転換期をむかえようとしている。

世界も、日本も、激動の予兆に対する期待とおののきを内に蔵して、未知の時代に歩み入ろうとしている。このときにあたり、創業の人野間清治の「ナショナル・エデュケイター」への志を現代に甦らせようと意図して、われわれはここに古今の文芸作品はいうまでもなく、ひろく人文・社会・自然の諸科学から東西の名著を網羅する、新しい綜合文庫の発刊を決意した。

激動の転換期はまた断絶の時代である。われわれは戦後二十五年間の出版文化のありかたへの深い反省をこめて、この断絶の時代にあえて人間的な持続を求めようとする。いたずらに浮薄な商業主義のあだ花を追い求めることなく、長期にわたって良書に生命をあたえようとつとめるところにしか、今後の出版文化の真の繁栄はあり得ないと信じるからである。

同時にわれわれはこの綜合文庫の刊行を通じて、人文・社会・自然の諸科学が、結局人間の学にほかならないことを立証しようと願っている。かつて知識とは、「汝自身を知る」ことにつきていた。現代社会の瑣末な情報の氾濫のなかから、力強い知識の源泉を掘り起し、技術文明のただなかに、生きた人間の姿を復活させること。それこそわれわれの切なる希求である。

われわれは権威に盲従せず、俗流に媚びることなく、渾然一体となって日本の「草の根」をかたちづくる若く新しい世代の人々に、心をこめてこの新しい綜合文庫をおくり届けたい。それは知識の泉であるとともに感受性のふるさとであり、もっとも有機的に組織され、社会に開かれた万人のための大学をめざしている。大方の支援と協力を衷心より切望してやまない。

一九七一年七月

野間省一

講談社文芸文庫

吉本隆明
追悼私記　完全版
解説＝高橋源一郎

肉親、恩師、旧友、論敵、時代を彩った著名人——多様な死者に手向けられた言葉の数々は掌篇の人間論である。死との際会がもたらした痛切な実感が滲む五十一篇。

よＢ９
978-4-06-515363-5

吉本隆明
憂国の文学者たちに　60年安保・全共闘論集
解説＝鹿島　茂　年譜＝高橋忠義

戦後日本が経済成長を続けた時期に大きなうねりとなった反体制闘争を背景とする政治論集。個人に従属を強いるすべての権力にたいする批判は今こそ輝きを増す。

よＢ10
978-4-06-526045-6

講談社文庫　目録

三津田信三　凶鳥《まがとり》の如き忌むもの
三津田信三　首無《くびなし》の如き祟るもの
三津田信三　山魔《やまんま》の如き嗤《わら》うもの
三津田信三　水魑《みづち》の如き沈むもの
三津田信三　密室《ひめむろ》の如き籠《こも》るもの
三津田信三　生霊《いきだま》の如き重《だぶ》るもの
三津田信三　幽女《ゆうじょ》の如き怨むもの
三津田信三　碆霊《はえだま》の如き祀るもの
三津田信三　シェルター 終末の殺人
三津田信三　ついてくるもの
三津田信三　誰かの家
三津田信三　忌《い》物《ぶつ》堂《どう》鬼《き》談《だん》
道尾秀介　カラスの親指〈by rule of CROW's thumb〉
道尾秀介　水の柩
深木《みき》章子《あきこ》　鬼畜の家
湊かなえ　リバース
宮内悠介　彼女がエスパーだったころ
宮内悠介　偶然の聖地
宮乃崎桜子《みやのさきさくらこ》　綺《き》羅《ら》の皇女《ひめみこ》(1)

宮乃崎桜子　綺羅の皇女(2)
三國青葉　損料屋見鬼《けんき》控え 1
三國青葉　損料屋見鬼控え 2
宮西真冬　誰かが見ている
宮西真冬　首の鎖
南　杏子　希望のステージ
村上　龍　愛と幻想のファシズム(上)(下)
村上　龍　村上龍料理小説集
村上　龍　村上龍映画小説集
村上　龍　新装版 限りなく透明に近いブルー
村上　龍　新装版 コインロッカー・ベイビーズ
村上　龍　歌うクジラ(上)(下)
向田邦子　新装版 眠る盃
向田邦子　新装版 夜中の薔薇
村上春樹　風の歌を聴け
村上春樹　1973年のピンボール
村上春樹　羊をめぐる冒険(上)(下)
村上春樹　カンガルー日和
村上春樹　回転木馬のデッド・ヒート

村上春樹　ノルウェイの森(上)(下)
村上春樹　ダンス・ダンス・ダンス(上)(下)
村上春樹　遠い太鼓
村上春樹　国境の南、太陽の西
村上春樹　やがて哀しき外国語
村上春樹　アンダーグラウンド
村上春樹　スプートニクの恋人
村上春樹　アフターダーク
村上春樹／佐々木マキ絵　羊男のクリスマス
村上春樹／佐々木マキ絵　ふしぎな図書館
村上春樹／糸井重里　夢で会いましょう
村上春樹・文／安西水丸・絵　ふわふわ
U・K・ル=グウィン／村上春樹訳　空飛び猫
U・K・ル=グウィン／村上春樹訳　帰ってきた空飛び猫
U・K・ル=グウィン／村上春樹訳　素晴らしいアレキサンダーと、空飛び猫たち
U・K・ル=グウィン／村上春樹訳　空を駆けるジェーン
T・ファリッシュ著／B・ルート絵／村上春樹訳　ポテト・スープが大好きな猫
群ようこ　いいわけ劇場
村山由佳　天翔る

講談社文庫　目録

講談社文庫　目録

山田詠美　晩年の子供
山田詠美　A《エイ》2《トゥ》Z《ズィ》
山田詠美　珠玉の短編
柳家小三治　ま・く・ら
柳家小三治　もひとつま・く・ら
柳家小三治　バ・イ・ク
山口雅也　垂里冴子のお見合いと推理
山本一力　深川黄表紙掛取り帖
山本一力　牡丹酒〈深川黄表紙掛取り帖(二)〉
山本一力　ジョン・マン1　波濤編
山本一力　ジョン・マン2　大洋編
山本一力　ジョン・マン3　望郷編
山本一力　ジョン・マン4　青雲編
山本一力　ジョン・マン5　立志編
椰月美智子　十二歳
椰月美智子　しずかな日々
椰月美智子　ガミガミ女とスーダラ男
椰月美智子　恋愛小説
柳　広司　キング&クイーン
柳　広司　怪談
柳　広司　ナイト&シャドウ
柳　広司　幻影城市
柳　広司　風神雷神(上)(下)
薬丸　岳　闇の底
薬丸　岳　虚夢
薬丸　岳　刑事のまなざし
薬丸　岳　逃走
薬丸　岳　ハードラック
薬丸　岳　その鏡は嘘をつく
薬丸　岳　刑事の約束
薬丸　岳　Aではない君と
薬丸　岳　ガーディアン
薬丸　岳　刑事の怒り
薬丸　岳　天使のナイフ〈新装版〉
矢野龍王　箱の中の天国と地獄
山崎ナオコーラ　論理と感性は相反しない
山崎ナオコーラ　可愛い世の中
山田芳裕　へうげもの　一服
山田芳裕　へうげもの　二服
山田芳裕　へうげもの　三服
山田芳裕　へうげもの　四服
山田芳裕　へうげもの　五服
山田芳裕　へうげもの　六服
山田芳裕　へうげもの　七服
山田芳裕　へうげもの　八服
山田芳裕　へうげもの　九服
山田芳裕　へうげもの　十服
山田芳裕　へうげもの　十一服
山田芳裕　へうげもの　十二服
矢月秀作　A《ア》C《ク》T《ト》〈警視庁特別潜入捜査班〉
矢月秀作　A《ア》C《ク》T《ト》2〈警視庁特別潜入捜査班〉告発者
矢月秀作　A《ア》C《ク》T《ト》3〈警視庁特別潜入捜査班〉掠奪
矢野　隆　清正を破った男
矢野　隆　我が名は秀秋
矢野　隆　戦《いくさ》始末
矢野　隆　乱
矢野　隆　長篠の戦い〈戦百景〉

2021年9月15日現在